不本意ですが、竜騎士団が過保護です

乙川れい

ビーズログ文庫

イラスト／くまの柚子

Contents

不本意ですが、竜騎士団が過保護です

人物紹介

リオノーラ・アデル・レイブラ
(偽名/ノーラ)

レイブラ王国の第二王女。
実妹シャーロットへの
溺愛がこうじて、
隣国の竜騎士団へ
潜入することに!

ハーヴェイ・ボルドウィン

ヴァンレイン王国の若き竜騎士団長。
大陸中から“竜殺し”と
恐れられる存在だが、リオノーラに
いちいち過保護すぎる……?

アクセル

先代竜騎士団長(故人)の愛竜。

その他のキャラクター

ロザリンド

レイブラ王国第二王妃。
リオノーラ、シャーロットの実の母親。

ブライアン・マクベス

先々代のヴァンレイン王国竜騎士団長。

ライオネル

ヴァンレイン王国王太子。
ぽっちゃり系の体格にのんびりした人柄。

序章

竜騎士団の雑用係

晩春の暖かな日差しの下に、でたらめな歌声が響く。

「しゃーりーしゃーりー、しゃりしゃりしゃーりー♪」

歌を口ずさんでいるのは、紅茶色の髪をした少女だ。

冷たい水がたっぷり入った桶を抱えて、リオノーラは王宮の片隅にある石造りの館の裏を歩いていた。重たい背嚢まで背負っているが、この程度でふらついているようではヴァンレイン王国が誇る竜騎士団の雑用係はつとまらない。

以前は丁寧に結い上げていた紅茶色の髪を背中で揺らし、足元では質素なお仕着せの裾がひらひらと翻る。染みだらけのお仕着せは、実を言うと母国で着ていたドレスよりも気に入っていた。軽くて動きやすいのがいい。

自作した歌を口ずさみながら、厩舎よりも一回り大きな木造の建物に入っていく。

薄暗い舎内には屋根のほころびから漏れる朝日が輝く筋となって差しており、房内で藁の上に寝そべるずんぐりとした巨躯の生き物の姿を浮かび上がらせている。

姿かたちは爬虫類に似ているが、人の何倍もある体躯に大きな翼は迫力の他にある種の神性が感じられ、決してトカゲなどと同類には語れない。

翼竜。天の使いに喩えられる飛竜種である。

ここにいるのは〝竜騎士〟と契約を結んだ——またはかつて結んでいた竜たちだ。

「みんなおはよう！　新しいお水を持ってきたからいっぱい飲んでね！」

元気に声をかけても、竜が言葉や鳴き声で応じることはない。竜は竜騎士と契約を結ぶときと解消するときにしか話さないのだという。

リオノーラは竜の世話をする時間が一番好きだ。最初は少し怖かったが、実際、彼らは迫力のある外見に反してとてもおとなしい。それに、人と接しているときほど発言に気をつけなくてすむので気が楽だ。

鼻歌交じりで、飲み水の桶から昨日の水を捨て、新鮮な水をつぎ足していく。

竜は契約者から騎乗する権利を与える代償として魔力を供給されている。だから人間と契約している竜は食事を摂らない。だが、契約者のいない竜は別だ。

リオノーラは一番奥の房の前で重たい背嚢を降ろした。中から人参と球菜、林檎、チーズの塊を取り出して、房内で寝そべる竜の鼻先に差し出してみる。

「おはよう、アクセル。どれか食べたいものはある？　今日も林檎だけ？」

厳つい面構えの竜がぱちりと目を開け、鼻先を寄せてくる。

アクセルは戦死した先代竜騎士団長の竜だ。契約者を失った後も野生に還らず部隊と行動をともにし、いまも竜騎士団の竜舎にとどまっている。

リオノーラの手にした餌の匂いを順番に嗅いでいき、そのうちの林檎を口にする。竜にとっては飴玉くらいの大きさなので一口で飲み込んで終わりだ。

「もう一個食べる？　それか、他のものはどう？」

しかしアクセルはもういいとばかりにぷいと顔を逸らして伏せてしまう。気難しい性質でリオノーラが来るまでは人の手から餌を受け取ることはなかったと聞いているが、それでも満足な食事量とは言いがたい。

「もう！　ちゃんと食べるか、誰かと契約して魔力をもらうかしてくれないと痩せちゃうわよ。痩せっぽちはモテないんだからね。うちの妹なんて世界一の美少女だけどふくふくと丸っこい人や動物が好み……ひゃっ⁉」

不意に背後からがばっと何者かにのしかかられて、思わず変な声が出てしまう。

いや、何者かではない。

肩の上から回されたたくましい腕も、頭の上に載せられた顎の硬さも覚えがあるし、何よりこんな真似をリオノーラにする相手は一人しかいない。

「だんちょ――」

「聞いてくれよノーラちゃん」

低くて甘(あま)い声がごく近くから響いてきて、肩の重みがずしりと増した。

「俺(おれ)、またアクセルにふられちゃったよ。これで四十五戦四十五敗。なんで契約してくれないのかなあ。こんなにいい男なのに。そう思わない？」

同意を求められても困る。あと、人の頭に顎を載せたまま嘆(なげ)かないでほしい。

（重い……けど、軽いっ！）

いままでリオノーラの周囲にはいなかったタイプだ。

軽薄(けいはく)なぶんとっつきやすいが、だからといってべたべたされても平気なわけではない。さきほどから心臓が無理だと言わんばかりに早鐘(はやがね)を打っている。

リオノーラは隙(すき)を見つけてするりと腕の中から抜(ぬ)け出(だ)すと、大急ぎで背後の人物から距(きょ)離(り)を取り、くるりと振(ふ)り返(かえ)って抗議(こうぎ)した。

「団長さん！　抱(だ)きつくのはやめてくださいって、何度も言っているでしょう！　寝惚(ねぼ)けてるんですか!?　わたしは団長さんの枕(まくら)ではありません！」

敢然(かんぜん)と指を突(つ)きつけた先では、二十歳(はたち)を少し過ぎたくらいの青年が、短い黒髪を手で押(お)さえつけながら苦笑(くしょう)している。

長身で体格にも恵(めぐ)まれており、実戦と訓練で磨(みが)き上(あ)げられた肉体の隆起(りゅうき)が、薄いシャツ越(ご)しにも見て取れる。

目鼻立ちは整っているものの、端整(たんせい)と呼ぶには稚気(ちき)の宿る藍色(あいいろ)の双眸(そうぼう)が少々邪魔(じゃま)をしており、そのせいか妙な親しみやすさがある。肩に竜騎士団所属を意味する群青色の制服の上着を引っかけていなければ、市井にいる気のいいお兄さんに見えていただろう。

(この人が噂の〝竜殺し〟だなんてね……)

彼の名前はハーヴェイ・ボルドウィン。

ヴァンレイン王国の竜騎士団長であり、騎士階級の出身ながら戦時の功績で伯爵位を賜っている傑物だ。

さらに言えば、竜騎士にとって最大の禁忌である竜の殺害を行ったとして大陸中から〝竜殺し〟〝凶将〟と恐れられている男でもある。

「えー、だめ？　ノーラちゃんっていつも魔力がダダ漏れになってるから、くっついていると傷の痛みがやわらぐんだけど」

「わたしは塗り薬でも治癒のお香でもありませんっ！」

「そっか、だめかあ。あと少し痛みが引けば、現場に復帰できそうなんだけどな……やっぱり、地道に治していくしかないか」

整った顔が寂しげに翳るのを見て、はっとする。

(わたしったら……なんのためにここで働いていると思っているの！)

最初は潜入することに意味があったが、いまは違う。彼ら竜騎士が実力をいかんなく発揮できるように支援するのが、ひいてはこの国に嫁いだ妹のためだと思っている。

「そ、そういうことでしたら、ちょっとくらいなら……」

「いいんだ？　ありがとね。ノーラちゃんは優しいなあ」

後ろからぎゅっと、今度はのしかかるのではなく抱きしめられる。彼の体温が早朝の水仕事で冷えた体にじんと染み入るように伝わってくる。

（うう……）

どうにも落ち着かない。

この距離感は間違っていないのだろうか。平民にとってはこのくらいのスキンシップは普通なのだろうか。世間知らずの身ではわからなかった。

ほのかに漂ってくる清涼なシトラスの香りにくらくらしてきた頃、鱗磨き当番の少年が竜舎に入ってきた。ブラシと桶を手にした少年はリオノーラたちの様子に気づいて、しらけた視線を向けてくる。

「団長、またセクハラっすか？」

「違う違う、魔力で癒してもらってんの。今日は一段と古傷が痛くて」

「へえそうっすか――ノーラ、この人こりないからぶっ飛ばしてもいいぞ。古傷が痛むっていうのも薬をちゃんと飲まないのが原因だから」

「えっ？」

「おいばらすな――」

即座に繰り出した肘打ちがハーヴェイの脇腹にめり込んだ。

ぐえ、と潰れた蛙のような声を漏らして、背後からの拘束がほどける。くるりと振り返って睨みつけると、ハーヴェイが体を前のめりに折って腹を押さえていた。

「……ふ、古傷のど真ん中に……」

「あやうく騙されるところでした！　お薬はちゃんと飲んでください！　しっかり治さないと、仮にアクセルが契約してくれたって元気に飛べませんよ！」

「苦いの苦手なんだよ。ノーラちゃん、口移しで飲ませて？」

「お断りですっ！　お館様に言いつけますよ！」

「うっ、それだけはやめて、お願い」

ハーヴェイが両手で自分を抱きしめ、露骨に怯えたような素振りをして引き下がった。とてもではないが竜騎士団長などという重職に就いている人物とは思えない。

（こういう人のことを『チャラい』って言うのよね）

同僚の炊事係に教えてもらった言葉を思い浮かべる。ヴァンレイン王国へやってきてから早一ヵ月、一般人の使う言葉の語彙は着実に増えつつあった。

「アクセル、おまえのせいでノーラちゃんに怒られちゃったじゃないか。餌を食いたくないならさっさと俺と契約してくれよ。お互いに協力し……って寝てるのかよ！」

ハーヴェイは人参でアクセルの鼻先をぺしぺしと叩くが、竜の方は完全に無視を決め込んでおり、瞼をぴくりとも動かさない。

　彼は自身の契約竜を持たない。戦時中にみずからの手で殺しているからだ。

　いまの彼は竜騎士団長でありながら元竜騎士という、少々特殊な立場にある。すぐにでも新しい竜と契約したくて、竜舎で唯一契約者のいないアクセルに契約を迫っているのだが、肝心の竜にその気がないのでは難しいだろう。

（竜の立場からしたら、竜殺しと契約するのはやっぱり嫌なのかな）

　一人と一頭の攻防未満はもうしばらく続きそうだったが、リオノーラにはあいにく仕事がたんまりと残っている。空になった桶を持って竜舎を出る。

　再び井戸で新しい水を汲みながら、ふと宮殿のある方を見下ろしてみた。

　竜騎士たちの宿舎や詰め所は防衛と竜の離着陸の都合上、王宮内でも小高くなったところに作られており、中庭や外通路の様子がよく見渡せる。

　リオノーラはここからの眺めが大好きだった。

　その理由たる存在が、ちょうど屋根のついた柱廊を侍女を引き連れて歩いていくのが見えて、思わず腰を浮かせる。

（シャーリー！）

　隣国レイブラ王国から嫁いできた十五歳の王太子妃シャーロットは、人形のように秀麗な顔立ちをまっすぐ前に向け、美貌を引き立てる豪奢なドレスを引きずってしゃなりしやなりと柱廊を進んでいく。

（今日も世界一美しいわ！　ああシャーリー、ラブ！　世界で一番愛してる！）

向こうからはこちらは見えなくても構わず、リオノーラは空の桶をぶんぶん振ってあったけの気持ちを送り続けた。

「あーあ、またやってるよ」

「シャーロット様の大ファンだものね。確かにおきれいだけど」

「ノーラも結構可愛いのに、こういうところが残念なんだよなあ」

通りすがりの使用人たちのあきれた声など耳に入らない。

（頑張るのよシャーリー……お姉様もこっちで頑張ってるからね！）

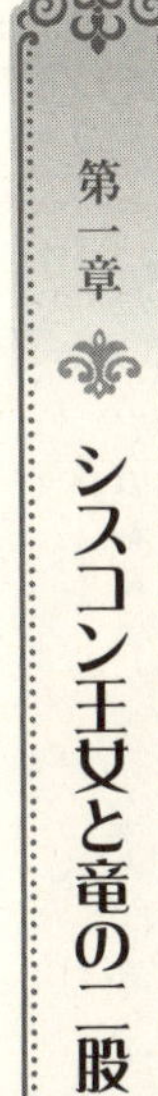
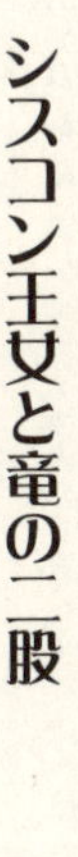

第一章　シスコン王女と竜の二股

一ヵ月前、リオノーラ・アデル・レイブラは王宮で涙に暮れる日々を過ごしていた。

最愛の妹シャーロットが春先に隣国の王太子のもとへ嫁いでしまったからだ。

来る日も来る日も、自室の壁に掛けた妹の肖像画を見上げては、彼女を思い出してめそめそと泣く。その繰り返しだった。ちなみに肖像画は自作である。

その日も、リオノーラは朝からドレスに着替えもせず、夜着のまま長椅子に突っ伏し、自身の赤い髪に埋もれるような格好で嘆いていた。

「ああ、シャーリー……どうしてわたしを置いていってしまったの……？」

「政略結婚なのだから当たり前でしょう」

独り言に返事があった。

肩越しに濡れた菫色の双眸を向ければ、いつのまにやってきたのか、困惑顔をした側付き侍女のかたわらに麗人の姿がある。

緩く結い上げた金髪は黄金の細工物のように美しく、鋭い眼差しの奥で輝く碧色の瞳はまるで磨き抜かれたエメラルドのようだ。

病弱で一年の大半を寝室で過ごしているものの、十七歳と十五歳の娘が二人もいるとは思えないほど若々しく、白磁の肌には張りがあり一点の曇りもない。

リオノーラは慌てて立ち上がり、姿勢を正してから思い出したように目元を拭った。

「お、おはようございます、お母様。起き上がっても大丈夫なのですか？」

「今日はすこぶる調子がよいのです」

母のレイブラ第二王妃ロザリンドがこちらに向かってきたので、リオノーラは長椅子から離れた。ロザリンドは当然のようにその長椅子に腰を下ろすと、引き連れてきた双子の侍女が差し出す扇を受け取ってぱちんと広げた。

「あの、今日はどうなさったのですか。わたしの部屋にいらっしゃるなんて」

「あなたが毎日毎日シャーリーシャーリーとうるさいからどうにかしてほしい、と苦情が来ているのです。あなた、他にやることはないのですか」

「ないです」

即答だった。

リオノーラは第二王女でありながら王位継承権を持たない。十歳の頃、自分と妹へのいじめと嫌がらせを繰り返す異母兄姉たちとの壮絶な喧嘩のすえに、王位継承権を破棄する代わりにシャーロットには手出ししないと約束させているからだ。

公務もない。王女らしく慈善活動でもしようとすれば、父から煙たがられる始末だ。役立たず、王宮の居候、赤い髪になぞらえて〝売れ残りの林檎〟と陰口を叩かれることもあるが、どれもまったく反論できないし、する気もなかった。

(仕官できるのなら、騎士や竜騎士を目指すこともできたでしょうけれど)

聞いた話によると〝大断裂〟の向こう側にある国々では王族や女性でも仕官できるという。古い慣習に縛られたレイブラではどちらも不可能なのでうらやましい。

「……そうでしたね。本当に役に立たない子。せめて政略結婚の駒として使えれば少しは役に立ったでしょうに」

「なぜかみなさんお断りなさるんですよね」

「『なぜか』ではないでしょう！」

ロザリンドが身を乗り出して、閉じた扇でぱしんと長卓を叩く。

「口を開けばシャーリー、シャーリーって、妹の話ばっかり！　天気の話をしようものなら空の青さをシャーリーの瞳に喩え、雲の白さはシャーリーの肌、太陽の輝きはシャーリーの笑顔！　破談になるに決まっているでしょう！　シャーリーほどではなくとも可愛く産んであげたのに台無しですよ！　妹賛美の他に話すことはないの⁉」

「逆にお聞きしますが、シャーリーのこと以上に語る価値のあるものがこの世に存在するでしょうか！　いえありません！」

「ごまんとありますよ、この妹至上主義者（シスコン）っ！」

母からの鋭い切り返しにもリオノーラは怯（ひる）まなかった。

物心ついた頃から、シャーロットはリオノーラの生きる意味だった。

小さな揺（ゆ）りかごを覗（のぞ）き込（こ）み、その中で眠（ねむ）る赤（あか）ん坊（ぼう）の愛らしさに心を射貫（いぬ）かれたあのときから、自分は一生このとてつもなく可愛い妹を守るのだと決めていた。

そして、実際に妹のために戦い続けてきた。

レイブラは女性にも王位継承権があるとはいえ男王が望まれる風潮は強く、女ばかり産んだロザリンドの発言力は弱かった。病気がちの体質もいけなかった。他の妃（きさき）や異母兄姉から見下され、いつしか嫌がらせやいじめを受けるようになった。そのたびに、せめてシャーロットだけでもつらい思いをさせまいと、リオノーラは果敢（かかん）に立ち向かった。

届くはずの食事が届かなかったり、真冬に薪（たきぎ）が届かなかったりしてもへこたれなかったのは、シャーロットという守るべき存在がいたからだ。

つまり、妹のおかげでいまの自分があると言っても過言ではない。妹は自分にとって空気であり水であり太陽であり、世界のすべてだ。

ちなみに世界のすべてである妹を産んだ母妃はほぼ神である。

（やっぱりシャーリーが世界で一番尊いわよね。知ってた。はい証明終了（しゅうりょう））

リオノーラが一人でうんうんとうなずいている一方で、ロザリンドはこちらの表情から何か汲み取ったらしく、うんざりした顔で額に扇を当てていた。

「あなたがここまで妹馬鹿でなければ、シャーリーではなくあなたをヴァンレインに嫁がせられたのですけどね」

うっ、と思わず言葉を呑み込む。

ヴァンレインはレイブラ、オルダートと並ぶ大陸の三大国家の一つだ。

大陸北部にあるレイブラは、ヴァンレインをはじめとする中部の国々が防壁になって南部のオルダートからの侵略を受けずにすんでいるが、国境の半分を共有しているヴァンレインはそうもいかない。二つの国は過去に何度も戦を繰り返している。

そんな国の王太子であるライオネルは、戦死した騎士や兵士たちのために喪に服していたらしく、二十二歳にして初婚だと聞いている。昨年の秋に大国オルダートとの戦争が終結したのを機にようやく結婚をする気になり、その相手として所望したのが敵対こそしていなくとも良好な関係であるとは言いがたい、レイブラの王女だった。

つまり王女でさえあればシャーロットでなくてもよかったのだ。

「わたしのせいでシャーリーは戦争国家になんて嫁がされ……うわああ――」

「はいそこまで。あなたの『シャーリーシャーリーうわああん』につきあうつもりはありません。今日はあなたによい話を持ってきたのです」

「……よい話？」

号泣に入りかけていたリオノーラは目元を拭い、長椅子の母をまじまじと見つめた。

「あなたを、ヴァンレイン竜騎士団に潜入させて差し上げます」

「はい？」

思わず変な声が出た。

竜騎士団はどこの国でも保有している軍隊だ。もちろんレイブラにだってある。

〝大断裂〟という巨大にして深く、幅のある大地の裂け目が国境として国家間に存在するため、戦争の多くは空中で行われる。その際に活躍するのが飛竜であり、彼らと契約して背に跨る竜騎士だ。どの国でも竜騎士団が国防の要となっている。

「あのう、お母様。失礼ですが、いまのお話の流れでどうして竜騎士団が？」

「王宮の方は代替わりしてから一新されてしまったので手が回せませんが、竜騎士団の方にはまだツテがあります。あなた一人くらいなら雑用係として潜り込ませられます。ヴァンレイン竜騎士団、特に王都守護役である第一竜騎隊は王宮の敷地内に常駐していますから、たまにはシャーリーに会うことも叶うでしょう」

リオノーラは生唾を飲み下した。

（シャーリーに、会える……？）

それは願ったり叶ったりだ。しかし心配ごとがいくつかある。

「行きたいのはやまやまですけれど、わたしはこれでも王女です。急にいなくなったりしたら、お困りになるのでは……」

「あら、役立たずすぎて王宮の居候、売れ残りの林檎とまで呼ばれているあなたに、何か特別な価値があると？」

「ないですよね！」

まず一つ目の懸念が潰された。問題は二つ目だ。

「ですが、さすがにご病気のお母様を置いていくわけには」

「わたくしのことなら結構。とっくに治ってますから」

「ええっ⁉　あの、でも先月も具合が悪化したと……」

「仮病に決まっているでしょう。最近は東方から良い薬が手に入るようになりましたからね。おかげで一昨年あたりに完治しました」

「…………」

約二年間、この母は嘘をついて舞踏会や晩餐会への出席を断りつづけていたのか。

「病気で臥せっているふりをしていた方が便利なこともあるのですよ。あなたみたいに年がら年中元気百倍な子にはわからないでしょうけれど」

「まったくわかりませんが、お母様が本当はお元気だと聞いて安心しました！」

「安心して国を捨てられる？」

「うっ！　いえ、それとこれとは話が……」

　国を捨てるという言葉の重みに口ごもる。平民ならばともかく、王族と生まれた者がそうやすやすと捨てられるものではない。

「あなた、シャーリーが心配ではないの？　シャーリーを守りたいとは思わないの？」

「思いますよ！　でも、ヴァンレイン竜騎士団の武勇は聞き及んでおりますし、わたしのような小娘一人が行ったところでどうなるわけでも」

　さんざん役立たず扱いを受けてきたので、分はわきまえているつもりだ。独学で護身術を身につけてはいても、しょせんは素人だ。大人の男たちに敵うとは思わない。

「あら、そう？　ヴァンレインの竜騎士団長は自分の契約竜を犠牲にして逃げるような、非情で非常識な男だというのに？　そんな自分さえよければいいような男が、異国から嫁いできた王太子妃を守ってくれると思っているのですか？　はーっ、あなたって本当に頭の中がお花畑なのですね」

　不吉な情報てんこもりな物言いが不安を煽ってくる。

「ど、どういうことですか？　竜って、ヴァンレインでも神の使いとして神聖視されてるんですよね？　それを犠牲にって……」

「新しく就任した竜騎士団長は破天荒で、目的のためならば手段を選ばないおそろしい男のようですよ。あなた、オルダートの〝鯨竜戦艦〟は知っていますね？」

「ええ。数々の街を滅ぼしたという、忌まわしい改造竜ですよね」

大陸の大半で信仰されている天竜教を信仰せず、独自の文化を持つオルダートの生み出した悪夢の生体戦艦だ。全なる神である〝天つ竜〟を除けば世界最大級の体躯を誇る鯨竜を薬物を使ったまじないで洗脳し、頭頂部にある魔力孔を改造した魔力砲によって数えきれないほどの街を壊滅させ、その名を大陸中に轟かせた。

「その鯨竜戦艦を撃墜したのが新しい竜騎士団長です」

「……一人で、じゃないですよね？」

だとしたらそれはもう人間の所業ではない。

「魔力砲の砲口に火薬を積んだ自分の契約竜を突撃させて、内側から爆発させて倒したそうですよ。自分たちが逃げるために竜を犠牲にしたのです」

「それは、なんというか……」

「非情にしてもほどがあります。他人の竜ですら手にかけるのは罪深いというのに、自身の契約竜などあってはならないことですよ。そのおかげで一つの街が壊滅から救われたとはいえ、竜は天の御使い。使い捨てのような扱いをしていいものではありません」

リオノーラはぞっとした。

母の話を聞くかぎりでは、とんでもない男が竜騎士団長の任に就いているようだ。戦時中で非常事態だったとしても、常軌を逸している。

ロザリンドはぱちんと閉じた扇の先を向けてくる。

「その竜騎士団長――〝竜殺しのハーヴェイ〟と呼ばれる男が王都守護役のトップなのですよ？　もしもオルダートに攻め込まれたらどうなると思いますか？　自分が生き残るために王族やシャーリーを見捨てないと言い切れますか？」

「それは……ですが、全部お母様の推測でしょう？　そこまで悪い人かどうかは……」

「はーっ！　あなたのシャーリーへの愛はその程度のものだったのですね！」

「…………！」

一瞬、何を言われたのか理解できなかった。

その程度？　何が。シャーリーへの愛が？

「見くびらないでください！」

喉を痛めかねないほどの大音声での反論に、母と侍女たちが顔をしかめる。

「いくらお母様でもわたしのシャーリーへの愛を『その程度』呼ばわりなさるなんて許せません！　わたしの愛は大断裂よりも深く広く、底なしなんですから!!」

「その大断裂を飛び越える勇気もないくせに」

「ありますーっ！　シャーリーのためなら海越え山越え断裂越えて！　世界の果てまで飛

んでいって帰ってこない覚悟はできていますっ！」

力任せに叫んだせいで呼吸が苦しくなり、リオノーラは肩で息をした。

（い、言ってしまった……）

売り言葉に買い言葉で言わされた感もある。

呼吸を整えながらロザリンドをうかがうと、どこか満足そうな双眸と目が合った。

「それでこそリオノーラ・アデル・レイブラです」

「え？」

意外な反応に目を丸くしていると、ロザリンドは懐から折り畳まれた便箋を取り出し、侍女が恭しく持ち上げている盆に載せてみせた。

その侍女が近づいてきて盆を差し出してくるので、リオノーラは促されるまま便箋を手に取って広げてみた。そこには『ノーラ』なる十七歳の少女の生まれと生い立ち、家族構成などがつらつらと書かれている。

「ノーラというのはどなたですか？」

「あなたの偽の身分です。あなたは嘘が下手ですから、わたくしの方で設定を考えておきました。ヴァンレインに入ったら天涯孤独の少女ノーラとして生きなさい」

どうやらリオノーラのヴァンレイン行きは決定してしまったようだ。急な状況の変化に頭がついていけないながらも、素直に母のはからいに感謝する。

「あ、ありがとうございます。ところでここに『両親を病気で失い、亡き両親の知己であるブライアン・マクベスを頼る』とあるのですが、マクベスさんというのは？」

「十年ほど前までヴァンレインで竜騎士団長をつとめていた男で、わたくしの旧友です。いまは竜騎士を引退し、貿易船用の竜の調教師をしています。あちらでの身の振り方についてはその者に頼んでおきました」

　何から何まで、あまりにも準備がよすぎる気がした。かなり前から、もしかしたらシャーロットが嫁いですぐに手配を進めていたのかもしれない。

「感動しました。お母様がわたしのためにそこまでしてくださるなんて……」

「毎日毎日シャーリーシャーリーとうるさくて、いいかげん苦痛になってきただけです。それよりもわかっているのでしょうね？　もう身の回りの世話をしてくれる者はいなくなるのですよ。それどころか、あなたが世話をする側になるのです」

「もともとわたしたちはお兄様たちに勝手に人払いされて、つい最近までろくに世話してもらえなかったではないですか。掃除も洗濯も料理も、できないことなんてないくらいです。王宮を抜け出して、下町で日雇いの仕事をしたことだってあるんですよ」

「……そうでしたね」

　薄い唇を緩めてどこか寂しそうに微笑むロザリンドに、リオノーラはドレスの袖をまくって小さな力こぶを作ってみせた。

「竜騎士団が守ってくれないのなら、わたしがシャーリーを守ってみせます！」

そこから先は速かった。

まずは侍医を丸め込んで流行り病に罹患したことにし、離宮へ移動する馬車を途中で乗り換えた。それから国境である大断裂の手前にある港町へ向かうと、待ち構えていた男の手引きで貨物用の〝竜船〟に乗り、貨物室に隠れた。このまま丸一日ほどやり過ごせば、ヴァンレイン側の港町に着くと聞かされている。

こんなに簡単に密入国できていいのだろうか、と両国の警備体制に一抹の不安を覚えたものだが、そこは母と彼女が手配した人々のおかげだろうと無理やり納得した。

かくして一日やり過ごした頃、貨物室の扉が開かれた。とっさに木箱の裏に身を潜めると、張りのある低い声が響いてきた。

「到着しましたよ、ノーラ様」

思わず木箱の上から顔を出すと、実年の男と目が合った。

白髪交じりのざんばら髪、左目にかけた黒い眼帯やシャツ越しにもわかる鍛え抜かれた筋肉の隆起から、ともすれば海賊か空賊に見えかねない風貌だが、間違いない。

「はじめまして。あなたがブライアン様？」

「いかにも。お初にお目にかかります、ノーラ様。お待ちしておりました」

胸元に手を当てて恭しく一礼する。

ヴァンレイン国の先々代竜騎士団長ブライアンは、想像よりも物腰の穏やかな人物だった。現在は貿易商で竜の調教師として働いているという話だから、職業柄かもしれない。

彼の手引きで竜船を下り、船着き場を抜けて二頭立ての馬車に乗り込んだ。ぽくぽくと蹄の音に合わせて馬車が揺れ出すと、ようやく人心地ついて話せるようになった。

「お母君は息災ですかな？」

「ええ、とても元気にしています。長年患っていた持病も完治したと聞いています」

「肺のご病気も治られましたか。それは本当によかった」

ブライアンが破顔する。笑うと顔中に皺が走るのがなんとも愛嬌がある。

「あの、ブライアン様は」

「私のことは『お館様』と」

そう言ってから、照れくさそうに頭を掻いた。

「いえ、あなたにはこれから私の養い子として生活していただくことになりますので。ご身分が露見してもいけませんし、私の方もこれからは他の養い子と同様に接させていただきます。無礼な口を利くかと思いますがご容赦くだされ」

「もちろんです。よろしくお願いします、お館様」

「自分で言っといてなんだが、こそばゆくてしかたねえな」

ブライアンはがらりと口調を変えてきた。こちらが素の喋り方なのだろう。風貌に乱暴な口ぶりまで加わって、余計に空賊っぽさが増した。

「それで、なんだったかな」

「あの、お母様とはお友だちだとうかがっているのですが……」

「下級貴族出身の俺が王族のお友だちって言われても、信じがたいか」

「あっ、違うんです、信じられないわけでは……」

リオノーラは慌てて訂正しようとしたが、ブライアンは呵々と笑い飛ばした。

「いいってことよ。姫様、おっとロザリンド様とは王宮の庭園でサボっているときに知り合ったんだ。ロザリンド様もピアノのレッスンから逃げ出してきたところだったかな。それからはよく二人で好きな本の話をしたものだよ。当時『竜騎士物語』っていう本が流行っててなあ。男向けの冒険活劇だったが、姫様はあの本がたいそうお好きで。作中の決闘シーンを再現してみせなさい、なんて無茶なことをおっしゃるもんだから——」

眩しげに細められた眼差しに、なつかしそうな光が宿っている。一度は訂正した母の呼び方が、途中で戻ってしまっているのがまた微笑ましい。

（こんなところでお母様の昔の話を聞けるなんて）

完璧な美貌を誇る母にも当たり前だが子供時代、王女時代があったのだと思うと、妙に親近感が湧いてくる。母に無茶振りされて困る青年騎士の姿が目に浮かぶようだ。

「あの姫様の御子がお二人ともヴァンレインにやってくることになるとはなあ……運命じみたものを感じるよ」

ブライアンはどこか感慨深そうにがしがしとざんばら髪を掻いた。


リオノーラは着いたその足でブライアンとともにヴァンレイン王宮へ向かった。

二頭立ての馬車で揺られること一日半、大きな城壁が見えてくる。

ヴァンレインの王都ドラグリスだ。レイブラの王都も空からの襲撃に備えて高い城壁に囲まれているが、それよりもさらに大きく、厳つく見えるのはこの国が頻繁に戦時下に置かれるためだろう。

ブライアンが窓を開けて門番に通行許可証を見せると、すぐに通された。

城門をくぐった先には、石造りの街並みが広がっていた。レイブラのように壁が白漆喰で塗り固められてはいないが、石の地肌が見えた建物も味わいがあって美しい。それだけで、リオノーラはこれから暮らすことになる街が少し好きになった。

(って、油断は禁物よ。正体がばれたり、クビになったりしたら元も子もないわ)

見るものすべてが新鮮だが、目を奪われてばかりはいられない。しっかり観察し、情報を吸収し、今後の生活に活かしていく必要がある。

すべてはシャーロットを守るためだ。

ドラグリス王宮は小高い丘の上にあった。こちらも幾重もの城壁に囲まれており、ひときわ高いところにある建物が竜騎士団の拠点となっているようだ。

ヴァンレイン竜騎士団は五つの竜騎隊から編成されており、第二竜騎隊から第五竜騎隊まではそれぞれ東西南北にある国境警備に当たっている。王都を守護するのは、王宮に本部を敷く竜騎士団長直属の第一竜騎隊だ。

王都に入ったときと同じような手続きを繰り返し、リオノーラはブライアンに従って王宮に入った。まっすぐに竜騎士団の宿舎に案内される。

ここでは竜騎士と一緒に十数名の使用人が暮らしていると聞いていたのだが、人の気配がなかった。昼下がりの時間帯なので買い出しなどに出かけているのかもしれない。

「おっかしいな。新しい子を連れてくるって話してあったんだが」

ブライアンが困ったように頭を掻く。

しっかり挨拶をしなければ、と緊張していたリオノーラも肩すかしをくらった気分だ。

階段を下り、半地下にある使用人用の一室に通された。こぢんまりとした一人部屋で、家具は小さな机と椅子、寝台とクローゼットがあるだけだ。天井近くにある窓から外の光も差し込むので、日当たりは悪くない。

「ちいとばかり狭いが、我慢してくれ」

「いいえ、可愛い部屋だと思います。わたし、ここが気に入りました」

「そう言ってくれると助かるよ。まずはここの責任者に挨拶しないとなあ。ちょっと探してくるから、荷物を置いてゆっくりしていてくれ」

　ブライアンが立ち去るのを待ってから、リオノーラは部屋の隅に旅行鞄を降ろした。寝台にぽすんと尻を落としてみると思った以上に硬かったが、このくらいは許容範囲だ。物置小屋などに閉じ込められて床で寝た回数は、両手で数えきれないほどある。

　ゆっくりしているように言われたが、リオノーラははやる気持ちを抑えきれずに部屋を出た。探険気分で廊下をうろついているうちに厨房を見つける。

　裏口の戸を開けてみると、大きな切り株に薪割り用の斧が突き立っており、そのすぐそばに木剣が二本立て掛けてあった。そのうちの一本を手に取ってみる。使い込まれて摩耗した木剣は、竜騎士たちの練習用のものだろうか。

（竜騎士かあ……）

　なれるものならば、雑用係よりもそちらになりたかった。

　我流で木剣を構えながら、美しい王太子妃シャーロットと、彼女に仕える竜騎士になった自分の姿を夢想する。竜騎士を示す白い制服に身を包み、彼女の前でひざまずけたら、どんなに素敵だろう。

（わたし、リオノーラ・アデル・レイブラはシャーロット王太子妃殿下に永遠の忠誠を誓います――なんちゃって、なんちゃって！）

自分の妄想に照れてしまい、ぶんぶんと木剣を振り回す。


「困るんだよねえ。あんたみたいな女の子ばかり寄越されてもさ」

突如、聞こえてきた声に振り向くと、植木のそばに長身の男が突っ立っていた。

目を惹く青年だった。

とはいえ黒髪は珍しくもないし、整った顔立ちも母や妹で見慣れている。竜騎士団の制服を着崩し、上着を肩に引っかけているのも見咎めるほどではない。

違うのは目だ。勇猛さと稚気の同居する藍色の眼差しに、なぜだか強く引き寄せられる。

彼我の距離は変わっていないのに、目を見た瞬間、どういうわけか一瞬で懐に入り込まれたかのような錯覚を抱くほどだ。

「誰っ!?」

「それはこっちのセリフ。どうやってご隠居に取り入ったのか知らないけど、どうせあんたもあれだろ、竜騎士とお近づきになりたいとか、そういう目的で来たんだろ？」

「なっ……！」

どうやらリオノーラがここで働くことは知っているようだが、玉の輿狙いで竜騎士団に潜り込もうとしている不届き者だと思われているようだ。

「失礼なっ！　わたしは誰とも結婚をするつもりはありません！」

「そういう子ほど早く結婚するんだよねえ」

「わたしは違います！　あなたこそ、こんなところでサボっていていいんですか？　その制服、竜騎士団のでしょう⁉」

青年は、ああこれ？　と肩に引っかけた制服の端を摘んでみせた。

「サボっているのは否定しないけど、俺は怪我人だからいいんだよ」

気楽に言って、もう一本の木剣を拾い上げる。すっと無造作に剣先を突き出しただけでも、剣を扱い慣れた者特有の安定感がある。

「いちおう、志望動機を聞いておこうかな。どうしてここで働きたいんだ？」

「それは……」

シャーロットを自分の手で守るため、などと言えるはずがない。

かといって、雇い主でもない相手にこびを売るのもまっぴらごめんだ。

「あなたみたいな不真面目そうな人には、王宮の警備を任せられないからです！」

青年が、おっ、と片方の眉を跳ね上げた。口元がにやりと緩む。

「面白い！」

言うが早いか、青年が一気に間合いを詰めてきた。

リオノーラが慌てて剣を構えると、そこに強い衝撃を叩きつけられ、手がじんと痺れた。剣を弾かれずにすんだのが不思議なくらいだ。間違いなく手加減されている。

（馬鹿にしないで！）

レイブラ王宮で騎士たちの鍛錬を覗き見しながら、見よう見まねで身につけた剣術だが、それでも異母兄たちにだって負けたことはないのだ。

二合、三合と木剣が交錯する。

両手で受け止めるのが精いっぱいだ。じりじりと追い詰められて後退していくうちに、右足の踵がこつんと何かに当たった。さきほどの切り株だ。

青年がさらに斬り込んでくる。なんとか剣を受け止めたものの、案の定体勢を崩してしまった。切り株に尻から落ちそうになる――斧の突き立った切り株に。

まずい、と思ったときには、青年が飛び込んできて、背中に腕を回されていた。ダンス中に抱き寄せるような格好になって、尻もちを免れる。

「ごめんごめん、ちょっとやりすぎた」

「――っ」

リオノーラが平手打ちを繰り出そうとしたそのときだった。

「ハーヴェイ！　何をやってる！」

叱声に驚いて振り向くと、ブライアンが血相を変えて駆け寄ってくるところだった。

彼が口にした名前に、思わず血の気が引いた。

（ハーヴェイって、あの〝竜殺しのハーヴェイ〟!?）

だとしたら、この青年はヴァンレイン竜騎士団の最高責任者であり、雇用主だ。

リオノーラは慌ててハーヴェイの腕をすり抜けて距離を取ると、姿勢を正してかしこまった。いまさら取り繕ったところで無駄かもしれないが、やらないよりはましだ。

「大変失礼しましたっ！　団長様とは露知らず、とんだご無礼を……」

「ああ、謝らないでいいよ。結構楽しかったし。けど、まさかサボり中の一般騎士だと思われるとはねえ。俺ってそんなに団長っぽくない？」

不満そうに見つめられて、ぶんぶんと首を横に振る。

「いえっ、そういうわけでは！　思っていたよりお若かったので……団長とかそういうのって、年功序列みたいなところがあると思っていたので」

「それなー。俺も先代が亡くなったときは、年上の竜騎隊長の誰かが引き継ぐと思ってたんだよ。実際に一人が『俺がやる』って言い出したときはそうなると思ったし」

ハーヴェイは苦渋に満ちた表情になって両腕を組んだ。

「そしたら『いや俺がやる』『いや俺が』って全員が手を挙げはじめてさ。俺も立候補しなきゃいけないみたいな流れになってきたから、しかたなく手を挙げたんだよ。そしたらなぜかどうぞどうぞって譲られて……あれ？　もしかして俺、はめられた？」

　話を聞いていたブライアンがぶはっと噴き出した。

「そんときの話ならカルロから聞いたぜ。みんなびびっちまって葬式みたいな顔してる中、おまえだけもりもり糧食を食ってたんだって？　おまえならなんとかしてくれそうだってんで、罠にかけたんだとよ。まあ、結果よければすべてよし、だろ」

　ふて腐れるハーヴェイを肴にひとしきり笑うと、それからようやく思い出した様子で、リオノーラのそばに寄って背中を押した。

「そうそう、紹介が遅れちまったな。この子はノーラ。古い友人の愛娘だ。天涯孤独になっちまって、仕事を紹介してほしいって俺を頼ってきてくれたんだ。それでほれ、おまえんところ、人手が足りないと言ってただろう」

「雇うのは構わないけど……あんた、竜騎士団で働きたいのか？　炊事洗濯掃除に武具の手入れ、竜の世話まであって結構大変だぞ？」

　言外にやめた方がいいと言われた気がして、リオノーラは再び背筋を伸ばした。

「働きたいです！　精いっぱい頑張りますので、お願いします！」

　大変だろうと困難だろうと、竜騎士団に雇ってもらえるならなんでもするつもりだ。シャーロットを自分の手で守りたい、なんて、さきほどの手合わせの後では口が裂けても言えない。ハーヴェイが母の語っていたような人物なのかどうかもわからない。

　ただそれとは別に、シャーロットを守る竜騎士団が力を存分に発揮できるように、陰から彼らを支えたいと思った。役立たずの自分でも、そのくらいならできるはずだ。

　ハーヴェイがふっと降参したように苦笑した。

「物好きだねえ。まあ人手が足りてないのは確かだから、来てくれたら助かるよ」

「ありがとうございま――」

「だが、嘘はいただけないなあ？」

　どきりと心臓が跳ねた。まさか正体がばれたのだろうか。

　いままでの会話の流れを必死に思い出す。リオノーラの正体がばれるような発言はあっただろうか。わからない。混乱して詳細までは思い出せない。

「なあ、ご隠居？」

「なんだ？」

　ハーヴェイと、あくまでしらを切るブライアンの視線が交錯する。

「古い友人の娘ってやつ……嘘だろう。本当はあんたの隠し子なんじゃないか？」

「ええっ!?」

　リオノーラは慌ててブライアンを見上げた。

「どうしてお館様がこんなに親切なのか不思議だったんですけど、まさか……」

「まさかじゃねえ！　違う違う！　誤解です……誤解だ！」

動揺のあまり口調が昨夜会ったばかりの頃に戻りかけている。必死にぶんぶんと首と手を振ってみせてから、ブライアンはハーヴェイに嚙みつくような顔を向けた。

「んなわけねえだろうが！　冗談でもめったなことを言うんじゃねえ、吊るすぞ！」

「えー、怪しーいなー？」

「怪しくねえ！」

ブライアンに背中を蹴られて、ハーヴェイがころんと芝生に転がった。すぐに受け身をとって起き上がり、痛そうに背中をさするが反省の色は見あたらない。

「すまんなノーラ。このとおりふざけた男だが、竜のついでに世話してやってくれ」

「はいっ！」

「……そこは元気よく返事をするところじゃないぞー」

ハーヴェイがおどけたように抗議しながら手を差し出してくる。引っ張ってくれという意味のようだったので両手で彼の手を摑んで引っ張り起こす。反動をつけてあっさり起き上がった彼は、しかしリオノーラの手をすぐには離さなかった。

「あ、あの？」

ふざけているのかと思って顔を見て、どきりとした。さきほどまでとは打って変わって真剣な顔つきでこちらの手を凝視している。

「ノーラちゃん、魔力強いな。こりゃあかなりのもんだ」

「そうですか？」

「細腕のわりに剣に勢いがあったから不思議だったんだが、魔力を腕力に載せる技を自然に身につけているみたいだな。天性の才能ってやつか。雑用係にするのももったいないくらい。ノーラちゃん、竜騎士とか目指してみる？」

「えっ⁉　いいんですか⁉」

　直接シャーロットを守る立場になれるのなら願ったり叶ったりだったのだが、リオノーラが喜んだのもつかの間、ぽかりとブライアンの拳がハーヴェイの頭を叩いていた。

「馬鹿言うんじゃねえ。大切な預かり物に危険な真似させようとするな」

「わかってるって、冗談の通じないジジイだな」

　冗談ではなくてもいいのに、なんて言い出せなかった。

　それから一ヵ月。晴れて竜騎士団に雑用係として雇われたリオノーラは、忙しくも充実した日々を送っていた。
　他の使用人たちによると、国民の憧れの的である竜騎士団で働けるのは名誉らしい。リオノーラにはわからない感覚だが、レイブラの王宮で燻っていた頃よりも何倍も楽しいのは確かだ。たまにとはいえ、シャーロットの元気な姿が見られるのも嬉しい。

(それにしてもお母様ったら心配症ね。いい人たちばっかりなのに。団長さんもちょっといいかげんだけど、悪い人ではないし)

竜舎当番を終えたら次は厨房の手伝いだ。

既に宿舎の食堂は、起き出してきた竜騎士たちでごった返している。寝惚け眼をこすったり欠伸を噛み殺したりしながら席につく竜騎士たちのもとへ、他の炊事係の女たちと同様に手早く朝食を配膳していく。

「ノーラちゃーん、俺のちょっと多めにちょうだい」

「今日も可愛いね。愛してるよ」

「はいはいお世辞を言ってもだめです、みんな平等に多めですからね」

適当にあしらいながら次々と食事を運び、空になった食器を下げていく。食事時の食堂は戦場だ。いちいちまともに取り合っていたらきりがない。

ちょうど空いた席に、亜麻色の髪を後ろで一つに束ねた青年が座るところが目に留まった。リオノーラは新しい食器に急いで料理を盛って運んでいった。

「おまちどうさま！」

「――おい、待て。これはどういうことだ」

呼び止められるまま振り返ると、彼は水色の鋭い眼差しをさらに険しくさせながら、湯気をあげる食器を指差していた。

「他の連中より量が多い。僕が王子だからといって特別扱いをするな」

リオノーラは目を丸くして、亜麻色の髪の青年――ジェレミア・エイク・ヴァンレインをまじまじと見つめた。

我の強そうな顔立ちは繊細にして秀麗で、どことなく母に似ているところがある。それもそのはず、御年十八歳の彼はヴァンレインの第二王子だ。

母の異母兄の息子であり、リオノーラにとっては親戚にあたる。幼少の頃にレイブラを訪れた際に一度だけ会っているのだが、向こうはこちらの顔を覚えていないらしい。

「別に、特別扱いなんてしていません」

「なんだと⁉」

「ジェレミアさんがみんなよりも早く起きて自主鍛錬をしているところを見かけたので、みんなよりもお腹がすいているかな、と思ったから少し多めによそっただけです」

ジェレミアが、むっ、と口ごもるのを尻目にこっそりと頬を緩ませる。

（なんだか共感しちゃうのよね）

彼は王子の身分でありながら竜騎士の道を選んだ。聞いた話では、実兄であり王太子であるライオネルを国防の面から支えるために、兄のみならず両親や臣下らの猛反対を押し切って竜と契約したという。

贔屓と言われるかもしれないが、兄のために頑張る姿が、妹のために王女の身分を捨てたリオノーラには身にしみるほど共感できるし、応援したくなってしまうのだ。

とはいえ、彼だけを特別扱いしていると思われるのは本意ではない。

「いらなかったら、他の人にわけてあげてください」

「だ、誰もいらないとは言って……」

「じゃあもーらいっ！」

ひょいと後ろから伸びてきた手が、ジェレミアの食器からウサギのかたちにカットされた林檎をさらっていく。あっという間に林檎はハーヴェイの口に消えていた。

彼は今朝もアクセルに契約を迫って無茶をしてきたようだ。黒い髪や肩に羽織っただけの制服に飼い葉の滓がくっついている。

「団長！」

「いやー、ジェイミーがいらないって言うからさー。残しちゃもったいないなーと」

「誰もいらないとは言っていない！　あと、勝手に人の名前を改変するな！」

ジェレミアが子犬のようにわめく中、ハーヴェイの口元からはしゃくしゃくと小気味よい咀嚼音が響いている。その隙に、ジェレミアの食器へと他のおかずを盗もうとする竜騎士たちの手が伸びる。

あっ、と思ったときには、彼らの頭に次々と盆の角が落ちていた。

ぐぇっ、とか、いたっ、とか情けない声をあげて頭を抱える竜騎士たちの上から、あきれたようなため息が漏れた。

「おやめなさい、意地汚い」

銀糸のような美しい髪に珍しい褐色の肌をした青年が、手にした盆を下ろす。

東方小国の血を引きながらヴァンレイン竜騎士団の副団長まで上り詰めた才人だ。名をカルロといい、ブライアンの養い子の一人でもある。いつもふざけてばかりの緩いハーヴェイとは対照的に、騎士団内での風紀や規律に厳しく、竜騎士たちの間ではひそかに「筆まめ先生」と呼ばれている。

カルロはすたすたとハーヴェイに近づいていくと、懐から封書を取り出して突き出した。封書にはでかでかと『退職願』と書かれている。

「部下の食事を奪うような意地汚い団長に仕えることに限界を覚えました。お暇をいただきたい。南部に土地を買って畑を耕しながら余生を過ごします」

「やだなあカルロちゃんたら。いつもいつも冗談きついんだからー」

ハーヴェイは慣れた手つきで封書を受け取ると、笑顔でびりびりと細かく破り捨てた。ここでは見慣れたやりとりに、貴重な食事の時間を削ってまで目を止めるような者はいない。新参者のリオノーラでも一ヵ月近く見続ければ気にならなくなる。

(本気で辞めめる気なさそうだし。じゃれてるだけよね、あれって)

ヴァンレイン竜騎士団は今日も平和だ。

「……ふん、辞めたければさっさと辞めればいいだろうに」

ぼそりとしたつぶやきが聞こえて振り向くと、ジェレミアが口元をハンカチで拭いつつ立ち上がったところだった。目の前に置かれた食器は既に空になっている。早食いと早寝、早着替えは騎士や兵士の得意技だ。

「やりたくない仕事でも職務を放棄しないのはある意味真面目なのかもしれんが、気に喰わん。竜騎士団は国防の要だ。やる気のないやつは必要ない……何を見ている？」

じろりと睨まれて、慌ててかぶりを振る。

「いえ、ジェレミアさんって本当に竜騎士団を大切に思ってるんだなーと思って」

「なっ……!? り、竜騎士として当たり前だろうが。くだらんことを言うな。これだから下賤の女は……」

「そうですよね、ごめんなさい」

さらりと答えて、リオノーラはジェレミアの食器を盆に載せて下げていく。

厨房に戻る途中で他の食器も回収しながら、ちらりとカウンターに置かれた木製の日めくりカレンダーに目を向ける。

今日は水曜日。約束の日だと思うと気合いが入る。

退職願

（夜まで頑張れば……うふふふふふ）

「おい、変な顔になっているぞ」

「この顔は生まれつきですー。ぐふ、ふふふふ」

なぜか引いた様子のジェレミアに笑顔で言い返すと、リオノーラは自作の歌を口ずさみたい気持ちを抑えて、空の食器を手早く回収していった。

深夜、みなが寝静まるまで待ってから行動を開始した。

宿舎からこっそりと抜け出し、夜空の下に躍り出る。分厚い雲が月を覆い隠してはいるが、王宮内の随所に掲げられた松明のせいで真っ暗闇とはほど遠い。

リオノーラは念のためにフードつきの外套を頭からすっぽりと被りつつ、見張りの目を気にして物陰から物陰へと飛び移るように移動していった。

目指すは、正殿の裏にある小さな薔薇園だ。

もともとは王妃の要望で設えられたものらしいが、早々に飽きられてからはほとんど手入れもされずに放置されているという。ろくに剪定されていない薔薇は伸び放題で茎をぐねぐねと絡ませ、花も小さくあまり多くは咲いていない。

そんな忘れ去られた場所は、密会にはうってつけだった。

緑一色のつる薔薇に覆われた小さな門をくぐって中に入ると、暗い視界の中、真ん中の薔薇群の向こうに小柄な人影が薄ぼんやりと見えた。

「シャーリー」

できるだけ絞った声で呼びかけると、人影が弾かれたように振り返った。

「お姉様！」

夜着にケープを羽織った少女が、夜目でもわかるほど表情を輝かせて駆け寄ってくる。

波打つ金色の髪を靡かせて懐に飛び込んできたのは、二つ年下の妹シャーロットだ。細い両腕でリオノーラをぎゅっと抱きしめてから、少しだけ体を離して覗き込んでくる。

「会いたかったですわ。この日をどんなに待ちわびたことでしょう！」

「わたしもよ。あなたに会えない一週間がとても長く感じるわ。でも元気そうでよかった。何か苦労していることとか、不便をしていることとかない？」

「ありませんわ。ライオネル様も、侍女の方々も、とてもよくしてくださいますの。侍女長はちょっと厳しい方ですけれど、それもわたくしを立派な王太子妃にするためですもの。わたくしのことより、お姉様が心配ですわ。ほら、また手を怪我なさって」

リオノーラのあかぎれが浮いた手に目を落として、シャーロットの美貌が翳る。

「おおげさね。こんなのは怪我のうちに入らないわ」

「でもっ！　薪割りに竜の水やりまでなさってるんでしょう？　危険ですわ。おまけに荒くれ者ぞろいの竜騎士たちと同じ宿舎で生活しているなんて……」

「みんないいひとばかりだから大丈夫よ」

竜騎士たちはみな気がよく、好青年ぞろいだということは既に理解している。少なくとも、レイブラの王宮にいた頃のように彼らを疑う気持ちは消え失せていた。

だが、彼らと普段接触する機会のないシャーロットは、納得がいかないようだ。

「お姉様は甘すぎます。男はみな野獣です。ライオネル様は小動物ですから別ですけど、竜騎士たちにはくれぐれもお気をつけくださいませ。お姉様にもしものことがあったら、わたくしは……この手で差し違えてでも……」

「大丈夫だってば。彼らは信用できるわ。いじめられたりなんてしてないから」

「いじめよりも可愛がられる方が心配なのですわ」

「？　どうして？」

「お姉様、ここはレイブラではありませんのよ。もう少し警戒してくださいませ」

「もちろん、ちゃんとばれないように気をつけて――」

そう言いかけたとき、背中に何かがちくりと刺さるような感覚があった。

ただし物理的なものではない。一瞬だが、何者かの鋭い視線を感じた気がしたのだ。

薔薇園内に自分たち以外の誰かがいる。

お姉様、と言いかけたシャーロットの小さな唇に人差し指を押しつける。それだけで、彼女も状況を把握したらしい。美しいかんばせが怯えたように引きつった。

笑いかけて安心させてやりたいところだが、目を凝らしても相手の姿が見つからない状態ではそうもいかない。

(見張りの兵士に見つかった？　でもそれなら、暗闇で息を殺して身を潜めたりしないで、声をあげるなり警笛を吹くなりするはずよね)

いじわるな異母兄に待ち伏せされて泥水をかけられそうになったときのことを思い出す。もっとも異母兄は気配が丸出しだったのですぐに見抜けた。危険の度合いでいったらあのときの比ではない。

「……あなたはここで隠れてて。わたしが囮になるから、その隙に逃げるのよ」

優先すべきは当然シャーロットの安全だ。彼女はレイブラとヴァンレインの友好の証であり、リオノーラにとってこの世で最も大切な存在であり、世界のすべてだ。かすり傷一つ負わせるわけにはいかない。

「で、でもそれではお姉様が……」

「わたしは大丈夫。いつだって大丈夫だったでしょう？　また会いましょう」

シャーロットを茂みの陰にしゃがませると、リオノーラは駆け出した。

この薔薇園には何度も訪れている。入り口の門を塞がれても、逃げ道がいくつもあることを知っている。

フードを手で押さえつけ、身を低くしながら走り込み、茨(いばら)の無法地帯と化した薔薇園の隅にある枝葉の隙間に頭から飛び込む。

剝(む)き出(だ)しの手(て)の甲(こう)に鋭い熱が走ったが、立ち止まってはいられない。痛みをぐっと我慢してひたすらに駆ける――駆けようとして、行く手を阻(はば)まれた。

肩口を強く摑まれる感触(かんしょく)があり、あっと思ったときには視界が一回転していた。

背中から芝(しば)に落とされる衝撃に息が詰まった後、首元にひやりと冷たいものが押し当てられた。見えないが、刃(は)の腹だろう。

「動けば喉を切り裂く」

覆い被さるようにしてリオノーラを組み伏せた男が、底冷えのする声を発する。

ふと風が吹き、天上を流れる雲間から月が覗いた。

玲瓏(れいろう)な月明かりの下で襲撃者の顔立ちが浮かび上がる。人一人の生殺与奪(せいさつよだつ)を握(にぎ)った男の冷徹(れいてつ)で端整(たんせい)な顔立ちに言葉を失った。

知っている顔だった。ただし、こんなに厳しい表情は見たことがない。

ぞくりと背筋が震(ふる)え、舌の奥が痺れる。思わず渇(かわ)いた声が漏れた。

「団長さん……」

「ノーラ!?」

ハーヴェイは一瞬にして表情を緩める。頬が驚愕に引きつった瞬間だった。

「お姉様から離れなさい！　さもなくば、背中に穴をあけて差し上げますっ！」

シャーロットの震える声に目を向ければ、彼女はハーヴェイの背後で護身用の短剣を抜き、その切っ先を広い背中に向けていた。

「だめよ、シャーリー！　この人は……」

「……『お姉様』、だあ？」

ハーヴェイのつぶやきにぎょっとした。正体がばれるわけにはいかない。隣国の王女だと露見するくらいならば、変な趣味があると思われた方が何倍もましだ。

「き、聞き間違いですよ！　あの、勝手に宿舎を抜け出したことは謝ります。わたし、そう、ちょっと薔薇には一家言ありまして、覗いてみたくなっちゃっただけで……」

「さっさとお姉様から離れなさいって言ってんでしょうが、この変態野郎がっ！」

「シャーリー黙って！」

思わず叫び返してしまってから、失言にとどめを刺したのは自分自身だと気がついた。

もはやなんと弁明しても無駄に違いない。

シャーロットに刃を突きつけられても、ハーヴェイほどの騎士ならば容易く取り押さえられるだろう。だが彼はそうしなかった。いつものようにおどけた態度で軽く手を挙げてみせながら、横目でちらりと意味ありげな視線を送ってくる。

「まあ、説明してくれるっていうんなら聞かせてもらおうかな。ねえ、お姉様？」

もはや頭を抱えるしかなかった。


リオノーラから事情を聞き終えると、ハーヴェイは芝生の上にあぐらをかいた格好でがしがしと頭を掻いた。その表情は濃い薬湯でも飲まされたかのように渋り、眉間には苦悩の皺が刻まれている。

「……つまり、あんたは王太子妃の実の姉で、妹が心配なあまりご隠居を使ってここに潜り込んだと、そう言うんだな？」

「おっしゃるとおりです……」

「突っ込みどころが多すぎやしないか？　元気に薪割りして、井戸と竜舎を重たい水桶を抱えて何往復もできる王女様なんてさ。いくら魔力を腕力に載せる才能があるっていっても、できるからってやらないだろ、普通。お姫様が」

「……普通はそうなのかもしれませんけど、わたしは特殊な生活を送っていたもので」

「おまけに顔は全然似てないし。本当に姉妹？　しかも同腹の」

「お姉様の話は間違いありません。この方こそ、わたくしがこの世界でもっとも尊敬するリオノーラお姉様です」

「うーん」

シャーロットの追随を受けても、ハーヴェイは納得のいかない様子で腕組みする。

「そういう団長はどうしてこんな時間にこんなところにいらっしゃったんですか？」

王宮内の見回りは主に王宮騎士団の担当で、当番として交代で参加する竜騎士は数名程度だ。もちろん指揮官である竜騎士団長がみずから警邏に加わることはない。

「ライオネル殿下から内密に調査を頼まれてたんだよ。最近、王太子妃が夜中に部屋を抜け出しているのを見かけた者がいるらしくてね。間男と逢い引きしているとしたら大問題だ。かといって騒ぎにはしたくない。だからこっそり確認してきてくれって」

「まあっ！」

ふらり、とよろめいたシャーロットを、リオノーラは慌てて支えた。妹は傷ついた様子で胸元にすがりついてくる。

「わたくしが浮気なんて……あんまりですわ。この心はライオネル様のものですのに」

「ひどいわ、シャーリーを疑うなんて！」

「いや疑うでしょ。まさか国に残っているはずの姉貴と密会しているなんて誰が予想するんだよ。妹の後を追いかけて王宮で下働きする王女なんて聞いたことがないよ」

「当たり前です。お姉様は唯一無二の存在。そんじょそこらの王女に真似できるはずがありません」

「シャーリーったら。あなたこそこの世界でたった一人の、かけがえのない存在よ」

「お姉様っ！」

「シャーリーっ！」

手に手を取って見つめ合っていると、はあ、と重たいため息が聞こえてきた。

「あー、あんたらが似たもの姉妹だってことはよくわかったよ」

がしがしと頭を掻いてから、顔を上げる。その表情はひどく困惑し、呆れ返っていたが、すぐさま冷気を受けたかのように引き締まる。

「しかし、知ったからには見逃すわけにはいかないいな」

「えっ……!?」

とたんに背筋を緊張が駆け抜けた。

「当然だろう。異国の王女に王宮への潜入を許していたなんて知れたら、竜騎士団の名折れだ。誘拐容疑なんかかけられた日には国際問題になりかねない」

「前者はともかくとして、後者ならは大丈夫です。お母様の許可は得ていますし」

「仮に両者納得ずくであっても関係ない。どんな些細なことでも問題視して政治に利用しようとする輩はどこにでもいるんだよ」

言いながら、ハーヴェイはゆっくりと腰を上げた。

嫌な予感がして、リオノーラはじりりりと座ったまま後じさった。立ち上がりたいが、そんな動きを見せたらきっとその時点で勝負はついてしまう。

いや、それは単に結末をほんの一瞬先延ばしにするだけの行為かもしれない。

「秘密裏に入国したのなら、秘密裏に帰国してもらうしかないよな？」

「……っ！」

リオノーラが慌てて立ち上がったときには、目の前までハーヴェイの伸ばした手が迫っていた。速い。異母兄の飼っていた猟犬のような俊敏さだ。

（捕まる……！）

と思ったときには、その手は空を切って地面に向かっていた。見れば、ハーヴェイは体勢を崩しており、その足元にはシャーロットがしがみついていた。

「お姉様、逃げて！」

「でもっ……！」

「この者はわたくしには手出しできません！　でもお姉様は違います！　早くっ！」

「……っ」

逡巡ののち、リオノーラはシャーロットたちに背を向けて走り出した。

悔しかった。ずっとシャーロットを守ってきたつもりだったのに、肝心なところで逆に助けられるなんて、不甲斐ないにもほどがある。

（って、落ち込んでいる場合じゃないわ。足を動かさないと！）

警邏中の兵士に見つからないようにだとか、そういった意識はとっくにどこかへ行ってしまっていた。周囲の状況など顧みず、がむしゃらに裏庭を駆ける。

だが、どこへ行けばいいのだろう。

いまさら竜騎士団の雑用係には戻れない。ブライアンの屋敷に逃げ込んだとしても、彼はいま仕事で国外だ。追いかけてきたハーヴェイに捕まって終わりだろう。

シャーロットを守りたい。妹の住まう王宮を護る竜騎士団の手伝いがしたい。

なのに、王女の身分が邪魔をする。王族としてのつとめも与えられない役立たずで、おまけに自由もないというのなら、どうやって生きるのが正しいのだろう。本当に売れ残りの林檎だったら家畜の餌にはなれただろうが、自分は何者にもなれない。

（どうすれば……）

答えが見つからないうちに正殿の裏が途切れた。そのままだだっ広い中央庭園に出たとき、空に影が差した。強い風が頬をかすめていく。

てっきり頭上を大きな雲でも流れていったのかと思ったが、遅れて届いた翼の羽ばたく音に振り仰ぐと、思ってもみなかったものがリオノーラと夜空の間を塞いでいた。

竜の腹、そして長大な両翼だ。

思わず足が止まりかける。

竜は立派な翼を見せつけるように羽ばたかせながら減速していき、リオノーラの前方へとゆっくりと舞い降りた。

勇ましい風貌の竜種の中でも特に剣呑な面構えは、見慣れた竜のものだ。

「アクセル⁉　どうやって抜け出して……」

その先は、頭の中に響いた低音に塞がれた。


『人間の娘よ。望むならば、助けてやってもよいぞ』


「えっ……⁉」

反射的に耳元を押さえたが、いわゆる鼓膜を震わせる肉声ではなかった。とっさに周囲を見回してみても、声の主らしき者はいない。

否、一人――もとい一頭だけいた。

大きな翼を持つ存在が、金色の眼差しをまっすぐに向けてきている。

「アクセル……あなたが喋っているの？」

『左様。そなたはここに留まりたいのであろう。ならば方法が一つだけある。我と竜騎士契約を結べばよい』

リオノーラは思い出した。

竜は、契約を結ぶときと破棄するときだけ語りかけてくるという。

「だめよ！　あなたには団長と契約してもらわなきゃいけないの！」

　アクセルと契約したくて必死に説得を試みるハーヴェイの姿を毎日のように見てきたのだ。どんな事情があろうとも、横から強奪するのは気が引ける。

『無論、ハーヴェイとも契約してやる』

「え、ええ？　どういうこと？」

『我らは人間の騎士に騎乗する権利を与える代わりに、対価として魔力を求める。やつの望みどおり、騎乗する権利はハーヴェイにくれてやろう。しかし、やつからは魔力を受け取らぬ。魔力はそなたから受け取ろう』

　状況が状況だけに、理解するまでに少し時間がかかった。

　魔力を提供させられるだけで竜に騎乗する権利は与えられないという、一見すると不平等な条件だ。無償で竜の餌になれと言われているに等しい。竜騎士になりたい者ならば一蹴していただろう。

　だがリオノーラにとっては特別な価値があった。

（契約すれば、アクセルや竜騎士団から離れられなくなる――）

　人間に力を貸してくれる竜はどの国でも稀少だ。たとえどこの馬の骨ともわからぬ者と契約したとしても、貴重な戦力である竜をそうやすやすと手放しはしない。

「ふざけるなよ、アクセル！」

叱声に目を向ければ、ハーヴェイが後ろから追いかけてきていた。シャーロットを振り切ってきたようだ。竜を睨む眼差しには怒りが浮かんでいる。どうやらアクセルの声は、もう一人の契約者候補にも届いているらしい。

「人のことをさんざん振り続けておいて、なんだそのめちゃくちゃな条件は！　んな契約がまかり通ると思うなよ！」

『いいや通る。そなたは今朝、我にこう言った。契約してくれるのなら、多少の条件は呑むと。これは多少の条件だ。そなたを我が騎士にしてやる。だが、そなたの魔力は受け取らぬ。魔力はこの娘から受け取ろう』

「馬鹿げてる！　俺と契約したくないからってノーラを巻き込むんじゃない！」

これだけ叫んでいるのだからそろそろ誰か駆けつけてきそうなものだが、誰も来ない。竜が何か特殊な能力を発揮しているのかもしれない。

アクセルはハーヴェイの抗議を黙殺し、大きな首を再びリオノーラに向ける。

暗闇の中、金色に輝く異形の両眼が怪しく輝いた。

『さあ、どうする娘よ。我と契約するか。それとも祖国へ帰るか』

「ノーラ、だめだ！」

ハーヴェイの切迫した声がすぐ近くで聞こえたかと思いきや、背後から乱暴に肩を摑まれた。くるりと振り向かされた先には、真摯な濃紺の眼差しがある。

「早まるな。アクセルは俺に嫌がらせをしているだけなんだ。契約したらあんたの人生が激変しちまう。二度とお姫様に戻れなくなるぞ」

それは別に構わない。王女の身分はとうに捨ててきた。そんなことよりも、シャーロットのそばにいられる方がずっと重要だ。

（でも、わたしが契約したら団長さんが……）

ハーヴェイはアクセルとの一対一の契約をずっと望んでいた。それが叶わなくなる。

「ねえお願い、もう少し考えさせて！」

『待てぬ。じきに〝人払い〟の力が切れる。ハーヴェイが気がかりなら、やつに気を使う必要はない。そなたが契約しないと言うのなら、我はやつとも契約せぬ。永久に』

その言葉が決め手となった。

あまりの言いざまに絶句するハーヴェイを振り切って、声を張りあげる。

「契約するわ！　わたしを餌でも供給係でも、なんにでもして！」

『承知した――これにて契約を締結する』

刹那、竜を中心に一陣の強い風が生まれ、リオノーラの体は吹き飛ばされた。

「うっ……あ、あれ？」

目を覚ますと、月は再び顔を雲の中に半分ほど隠していた。

ひんやりとした芝の感触で、リオノーラは自分が外で倒れていたことに気づいた。

首をもたげて周囲に目を向けると、少し離れたところでハーヴェイが片膝をついており、自分のシャツの襟元をくつろげて胸元を覗き込んでいた。何をやっているのだろう。

いや、そもそも何が起きたのだろう。

（アクセルに契約しろって言われて、契約するって答えて、それから……）

あたりには既に竜の姿はない。

夢か幻覚でも見ていたのだろうか。首を傾げながら身を起こしたとき、左胸にちくんと小さな痛みが走った。思わず寝間着の上から押さえつける。

「痛っ……？」

倒れた拍子に怪我でもしたのだろうか。しかし自分は仰向けで寝ていた。

とりあえず患部を確かめようと、寝間着の襟を引っ張って胸元を見下ろして驚いた。

左胸の上部に、短剣に片翼を生やしたようなかたちの痣ができている。

これには見覚えがあった。寝起きで着衣が乱れていたり、鍛錬後に汗を拭いていたりする竜騎士たちの腕や首筋、背中などに浮かんでいるのを何度も目にしている。

竜と契約した証である〝片翼の刻印〟。それに酷似していた。

「これって……」

「見せてみろ！」

すかさず駆け寄ってきたハーヴェイが、リオノーラの胸元を覗き込んでうめいた。

「アクセルのやつ、本気でやりやがった……」

「団長さんにも？」

「ああ、俺の胸にもほら、同じものが――」

それからきっかり一秒後、二人は同時に気がついた。

頭を突き合わせて、いったい何をじっくりと観察しているのか。

「――――っ！」

身を離し、弾かれるように飛(と)び退(の)いた。

リオノーラは慌てて胸元を隠したが、もう何もかも手遅れだ。時間差で訪れた羞恥心(しゅうちしん)で顔が熱くなり、目元が潤(うる)みはじめる。

「……見ましたね……？」

「………まあ、見たか見てないかと言ったら、見たかな？」

「見たんですね!?　ちょっと記憶(きおく)が消し飛ぶまで殴(なぐ)らせてください！　グーで！」

「待ってノーラちゃん、怒(おこ)らないで、落ち着いてくれ！　そのなんだ、俺たちは同じ竜と契約した者同士なわけで、いわば一心同体。つまり俺の体はノーラちゃんのものであってノーラちゃんの体は俺の――」

珍しく動揺した様子でハーヴェイは後じさりながら舌を高速で動かしていたが、ふと何かを察して言葉を途切れさせた。頰を一筋の汗が伝い落ちていく。

リオノーラも気がついた。

ハーヴェイのすぐ後ろで、凄絶な笑みを浮かべて短剣を振り上げている姫君がいる。

「変態は処刑いたします。よろしいですわね、お姉様？」

「ヤッテオシマイ」

「おいシャレにならな――っ！」

竜騎士団長が決死の横っ飛びを決めた直後、彼が一瞬前までいた地面に鋭い切っ先が突き立った。

第二章

見習い林檎の奮闘

宿舎一階にある深夜の食堂には重苦しい空気が立ち込めていた。

リオノーラとハーヴェイによって真夜中に叩き起こされたカルロは、夜着にガウンを羽織った格好で長卓の向かいに腰掛け、ハーヴェイの話に耳を傾けている。

ちなみにシャーロットは既に宮殿に戻っている。

レイブラ王女姉妹に追い回されたハーヴェイが竜舎に逃げ込んだ際、そこですやすやと気持ちよさそうに眠っているアクセルの姿を見たら、リオノーラもシャーロットも、肌を見られた怒りなどどこかへ行ってしまったのだ。

いまもなお怒っている人物がいるとしたら、目の前の副団長だろう。

日頃からハーヴェイの悪ノリにつきあわされてこめかみに青筋を立てている彼だ。本気で厄介な事態に巻き込まれて、ただですませるとは思えない。

竜一頭に、契約者が二人。

一人は竜騎士、もう一人は魔力供給係専門なんて、前代未聞だろう。

難しい顔で聞き役に徹していたカルロは、話を聞き終えると重いため息をついた。

「……事情はだいたいわかりました。とりあえずは、契約成立おめでとうございます」

ハーヴェイが苦笑して耳の裏を指先で掻いた。

「素直に喜んでもいられないけどな」

「当然です。この状況で喜んでいたら頭に花が咲いているとしか思えませんし、それを事実にするために花瓶で脳天をかち割って差し上げています」

「花瓶ってところが生々しいよねえ」

「それとこれを」

カルロが懐から取り出したのは見覚えのある封書だった。

「奔放な上司の不始末に心労が祟ってまいってしまったので、病状を理由に退職します。今後は田舎の港町で船を買い、漁をして余生を」

「もー、カルロは冗談がきついよなあ。もう頼れるのはおまえしかいないってわかってるだろ？　見捨てるのはなしだって」

ハーヴェイは笑いながら辞表をひったくって即座に破り捨てた。

「なぜ私を巻き込んだのですか。あなた一人で抱え込めばよいものを。恨みますよ」

「こんなの俺一人で抱えきれるわけないだろ。同期のよしみで協力してよ。てか同期なのに敬語はやめてくれない？　昔はタメ口だったよな？」

「あなたにこれ以上親近感を抱かれたくないんです」

「ひどい、あんまりだ！　親友だと思っていたのに、俺っていっつも片想い」

彼の態度こそいつもどおり軽薄だが、状況は決して軽くはない。

なんといっても、この事態を招いたのはリオノーラなのだ。重い空気に耐えかねて、立ち上がって勢いよく頭を下げる。

「申し訳ありません！　わたしがアクセルと契約をしたばっかりに、お二人にご迷惑をおかけしてしまって……」

「まったくです。どこの国でも数が確保できずに難儀している貴重な竜と、部外者が契約しただけでも痛手だというのに、異国の王女など論外です」

カルロの物言いは辛辣なぶん、嘘がない。ただ一ヵ所だけ訂正が必要だった。

「あの、わたしに王位継承権は……」

「王位継承権を破棄したからといって、王女は王女。血筋は変えられません。存在自体に政治的価値がある。あなたの行動は王族として軽率すぎます。王女失格ですね」

「……はい」

そのとおりだ。反論なんて一言も出てこない。

「それで、どうなさるおつもりですか、団長？」

「どうもこうも、この状況じゃあなるようになるとしか言えないでしょ」

呑気な返答にカルロの柳眉がきりきりと吊り上がる。

「真面目に答えてください」

「大真面目だよ。一人や二人で背負いきれるような問題じゃないが、背負っちまったからにはしょうがない。いろいろ問題はあるが、俺は無事にアクセルと契約できたし、悪いことばかりじゃないって思うことにした」

リオノーラは目を瞬いた。

こんなことになって立腹していてもおかしくないのに、ハーヴェイの口ぶりを聞いているとまるで納入された卵が一個足りなかったくらいの瑣末な問題に感じられる。

「ヤケになってませんか？」

「そこまでじゃないよ。あいにく、諸悪の根源はまだ商売で国外に出払ってるしね」

諸悪の根源呼ばわりされているのは、おそらくブライアンだろう。

「帰ってきたら嫌っていうほど問い詰めてやるつもりだが、それまではなりゆきに任せるしかないだろ。何か問題が起きたらそのつど対処していけばいい。まずい状況っていっても戦場で敵に包囲されているわけでもないしな」

「……それはそうですが」

カルロが渋い顔をしつつも、事実上引き下がる。

（不思議……団長さんが言うと、本当にどうにかなってしまいそう）

ふと、ブライアンの話を思い出した。どんな苦境でもなんとかしてくれそうな雰囲気があったから、当時の竜騎隊長たちはハーヴェイに団長職を押しつけたのだ。なるほど、彼らの気持ちが少しわかる気がした。

「あの、それではわたしはここに残ってもいいんですか？」

「いいも何も、あんたがいないとアクセルが魔力不足で死んじゃうからな。しっかりしてくれよ、雑用係さん」

軽く頭を叩かれ、リオノーラはびっくりして首を縮めた。レイブラの王女だとばれた後だというのに、気安い態度が変わっていないのが嬉しくて、胸の奥が温かくなる。

けれど、いままでどおりというわけにもいかない。

「あの、そのことなのですが！」

リオノーラは意を決して切り出した。ハーヴェイとカルロの驚いたような眼差しを順番に見つめ返してから、ずっと考えていたことを口に出す。

「わたしを竜騎士見習いにしてください！」

「はあ？」

気の抜けた声を漏らしたのはハーヴェイ、柳眉を吊り上げたのはカルロだ。

「あなた、調子に乗るのもいいかげんに――」

「まあ待てカルロ、話を聞いてみよう」

いまにも噴火しそうな副団長をなだめて、どうぞと促してくる。

「で、では……その、アクセルの魔力供給係になったからには、今後は竜騎士団の任務や遠征にも同行しなければならなくなります。ですが、演習ならともかく、仕事や戦いに雑用係を連れ回していたら、不自然だと思うんです。絶対、怪しまれます」

緊張で震えそうになりながらも、一生懸命に説明する。

「それに、わたしとアクセルと団長の関係がばれたら、敵につけ入れられる隙を与えかねません。団長に害意を持つ者がいたら、まず真っ先にわたしを狙うと思います——そこでお聞きしたいのですが、竜と竜騎士、魔力供給係のうち、魔力供給係が先に命を落としたら、どうなりますか？」

「さあ？　わからないな。おまえは知ってる？」

ハーヴェイが肩をすくめてみせてから、カルロに視線を向ける。

「……わかるわけがないでしょう。こんな契約は前代未聞なのですから。契約が強制的に解除されるかもしれませんし、逆に解除できなくなるかもしれません。どちらにしても、かんばしい事態にはならないでしょう」

「そうです。だから、わたしを見習いにしてほしいんです。本気で竜騎士にしてくださらなくても構いません。ただ一緒に鍛錬を積ませてほしいんです。団長やアクセルのそばにいても不自然ではないように。それと、もしものときに少しでも戦えるように」

そこまで言い切ると、リオノーラはハーヴェイを見つめた。

彼は長卓に肘をつき、ほどよくくつろいだ格好でこちらを穏やかに眺めている。あまりにもいつもどおりなので、何を考えているのかさっぱり読めない。これだから世間知らずは、とあきれているだろうか。それとも。

沈黙がやたらと長く感じられた。何十分も経ったように感じられても、実際は数秒だったかもしれない。

ややあって、ハーヴェイの表情から穏やかさが消えた。ゆっくりと立ち上がり、こちらに向き直った頃には、精鋭ぞろいの竜騎士団を預かる長の厳しさをまとっている。

怒られる、と心中で身構えたリオノーラの前で、彼がすうと息を吸い込んだ。

「敬礼ッ！」

「はっ、えっ⁉」

突然の号令に反応できず、ばたばたと手足を動かしてしまってから、ヴァンレイン式の敬礼――胸の前で右手を水平に構えるしぐさを思い出し、そのとおりにする。

「リオノーラ・アデル・レイブラ――いや、ただのノーラ。貴君を本日より団長付きの竜騎士見習いに任ずる」

胸の底から、嬉しさと高揚感の入り交じった熱い感情が湧き上がる。

「は、拝命しますっ！」

精いっぱい背筋を伸ばし、胸を反らして見上げると、ハーヴェイが笑みをこぼした。

「みっちりしごいてやるから覚悟しろよ」

翌朝、さっそく竜騎士団の練兵場に駆り出されたリオノーラは困惑しきっていた。

「どういう風の吹き回しなんだ？」

「団長が考えていることはさっぱりわからん」

「ノーラちゃん、可哀想……」

「そこ、私語は慎みなさい！」

カルロの叱声を受けて静かになるものの、周囲から突き刺さってくる無数の視線は容赦がない。自分がどれだけ注目を浴びているのか、考えたくもなかった。

（うう、気になるけど……集中しなきゃ）

既にいつものお仕着せから竜騎士団の練習着に着替えている。

リオノーラは背後から両腕を引かれて、強制的に正しい射撃姿勢を取らされていた。

半身になって左手で弓の中心を掴み、弦に引っかけた矢の尻を右手で強く引き絞る。構えた弓矢の遠く先には、円形の的がある。

現在、リオノーラはハーヴェイから弓術の指導を受けている真っ最中だ。

(……みっちりしごかれてるのかしら、これ)

見習いとは普通ここまで手取り足取り教えてもらえるものなのだろうか。常識知らずの自分でも、特別扱いをされていることくらいわかる。

「的の少し上を狙うんだ。このあたりは筋力によって変わるから、感覚で覚えろ」

助言とともに、姿勢を補助してくれていた手が離れていく。

リオノーラは胸中でうなずいて、自分のタイミングで矢尻から手を離す。

ひゅん、と風を切って飛んでいった矢は、的の一番外側の円に突き刺さった。

「当た、った」

「はじめてにしちゃあ上出来かな。細っこい腕のわりに力は申し分ない。例の、魔力を膂力に付加する癖が自然と身についているんだろう」

ハーヴェイが軽く手を叩いた。初心者相手だから手加減してくれているのはわかっているが、褒めてもらえるのは純粋に嬉しい。

「あとは集中力と、残心だな。的を点で狙おうとするな。線になれ。矢と一体になって、的に体ごと突き刺さるくらいの気持ちで放つんだ」

そう言いながら彼はリオノーラから弓を取り上げた。手本を見せてくれるらしい。

矢筒から新しい矢を抜き、弓につがえて引き絞る。弦に頬をくっつけるようにして構えれば、眼差しが猛禽類のような鋭さを帯びて的を捉える。それでいて体には余分な力が入っておらず、射撃姿勢もしなやかだ。

一拍ののちに放たれた矢は空を切り裂き、すとんと小気味よい音を立てて的の中央に突き刺さった。夢中で拍手を送る。

「すごいです！」

「おっ、いいねその反応。団長さん嬉しくなっちゃう」

「びっくりしました！　いつもへらへらしているから口だけの人かと思ってました！」

「…………あー、これを十本中七本はできるようになってもらうから。ほら、構えて」

また弓を手渡され、促されるままに構える。

「もっと腕を上げて。顔は前。背筋を伸ばす」

「は、はいっ」

またハーヴェイが後ろから補助してくれる。まずは正しい射撃姿勢を身につけるためだそうだが、姿勢を正す手つきは厳しいながらも、指導はとても丁寧で優しい。

（やっぱり王女だから気を使ってくれてる、のよね？）

厳しくされたいわけではないが、腫れ物に触るような扱いもまた居心地が悪い。

「悪かったねえ」

「えっ？」

耳の後ろからぽつりと漏れた声に、リオノーラは弓矢を構えたまま聞き返す。

「アクセルと契約したの、俺のためでもあったんだろ?」

「……そんなことはないです。わたしのわがままでやっただけで……」

「隠さなくていい。わかってるんだよ、あんたがあのとき迷ってたのはさ」

ぎくりと身を震わさずとも、密着した状態では動揺が伝わっているかもしれない。

「俺に迷惑をかけたくないって思ったんだろう? 契約したのは、俺のためになるってわかってからだ。妹のそばにいたくてなりふり構わずこんなところまで潜り込んできたくせに、妙なところでお人好しだね」

「団長さんだって、わたしを無理やり帰らせることも――」

「――団長!」

鋭い声に割り込まれて目だけを向けてみれば、同じ練習着姿のジェレミアが憤然と近づいてくるところだった。

「あ、ジェレミアさ……あっ!」

思わず手元が緩み、すっぽ抜けた矢があらぬ方向へ飛んでいった。野太い悲鳴が聞こえてきて振り向けば、先輩騎士がすっころんでいて近くの塀に矢が突き刺さっている。

「わあああ、ごめんなさい!」

「どうしたジェイミー。いま取り込み中なんだけど」

「ジェイミーと呼ぶなっ！」

ハーヴェイは気安く声をかけると、ジェレミアがさらに眉を吊り上げた。

「団長、これはどういうことだ！　なぜそいつが竜騎士団の鍛錬に参加している⁉　そいつは雑用係だろう！」

びしっ、と指差し付きで抗議され、リオノーラは震えあがった。声に出したのがジェレミアだけで、きっと他の竜騎士たちも不満に思っているのかもしれない。そう考えたら縮こまりそうになるが、ハーヴェイはどこ吹く風だ。

「言ってなかったっけ？　ノーラちゃんは今日から竜騎士見習いになったから。しばらくは俺の従者だけど、仲良くしてあげてね」

「はあ⁉　正気か貴様――」

「『団長』ね」

呼称を訂正され、ジェレミアがぐっと言葉を詰まらせる。

「昔とは立場が変わったんだから気をつけてよ。あんまりうるさくしたくはないけど、有事の際の指揮系統を保つための規律なんだから、守ってくれないと」

「……承知、している。しかし女が竜騎士など……」

「勉強不足だぞ、王子様。先々代の頃には女性の竜騎士も何人かいたらしいよ。ここしばらくはちょいちょい戦争してたから、女を戦場へ送り出すわけにはいかないって自粛されてただけでさ。男児に恵まれない家って結構あるからねえ」

ハーヴェイから説明を受けても、ジェレミアはまだ納得できない様子だった。それはそうだろう。昨日まで竜騎士たちに食事を配っていた雑用係が、今日は自分たちの領域に足を踏み入れ、無様な射撃姿勢をさらしているのだ。不愉快に違いない。

「あ、あのっ！」

自分の口からきちんと弁明しなければと、弓を下ろして進み出る。

「見苦しい姿をさらしてすみません。ご不快に思われるのも当然だと思います。足を引っ張らないよう精いっぱい頑張りますので、よろしくお願いします！」

勢いよく頭を下げる。

ややあって、ざりっと踵を返すような足音が聞こえてきた。

「……団長が許可したのなら、僕がどうこう言うことじゃない。勝手にしろ」

驚いて顔を上げたときには、ジェレミアは既に背を向けて歩き出していた。渋々ながらも、受け入れてくれたと思ってよさそうだ。

「仲良くしてやってね。ちょっと気難しいけど、いいやつだから」

「わかってます」

小さく笑って返したそのとき、「団長ぉっ！」と情けない声が聞こえてきた。

見れば、練兵場の外にいたはずの門番たちが、女官や侍女のお仕着せを着た集団を中に入れまいと必死に格闘している。

「今度はなにごとだよ？　抗議ならお腹いっぱいなんだけど」

「それが……」

「女でも竜騎士になれると聞いてまいりましたの！　私たちみんな竜騎士志望ですわ！」

頬を赤らめた女官の一声に、リオノーラはぽかんと口を開けてしまった。


「……そう来たか」

ハーヴェイがげんなりとした様子で髪を掻き上げる。

リオノーラは鼻息を荒らげた女官たちの勢いに思わず圧倒された。

「竜騎士って、人気のある職業なんですね……」

「違いますよ。彼女たちが求めているのは竜騎士の誉れでも高い給金でもなく、団長やジェレミアに近づける立場です」

横からカルロが冷静に説明してくる。

よく見れば、門番たちをどかさんばかりに押し寄せている侍女や女官のほとんどが、ハーヴェイやジェレミアに熱い視線を送っている。ごく少数ながらカルロや他の竜騎士に好意の眼差しを向けている者もいるが、目的は似たり寄ったりだろう。

（かたや竜騎士団長、かたや王子様だもの、モテて当然よね）

しみじみと納得していると、不意に肩から腕を回されて後ろから抱きしめられた。

「みんな、ごめんね。竜騎士見習いはもう締め切っちゃったんだ」

頭の上からハーヴェイの呑気な声が響く。

まずいと思ったのは、今度もリオノーラだけだったようだ。

直後、竜騎士志望者たちの血に飢えたような視線がいっせいに突き刺さってきた。

逃げ出せるものならいますぐにでも逃げ出したいが、ハーヴェイの右腕はしっかりとこちらの体を拘束していて離してはくれない。

（どういうつもりなんですか、団長ーっ！）

気分は縄でぐるぐる巻きにされて猛獣の前に差し出された小兎だ。

そうこうしているうちについに門番を払いのけた女性陣が詰め寄ってきた。

「あんまりですわ！　私たちだって竜騎士になれるものならなりたいのに！」

「もう一人くらいよいではありませんか！」

「私たちにも手ほどきしてくださいませ！　その子だけなんて、ずるいですわ！」

「困ったなあ」

ハーヴェイがへらへらとまんざらでもない顔をしているのは見えなくてもわかった。

（こ、この人は……！）

いまほど彼の軽薄さが憎いと思ったことはない。こちらを一瞥する侍女たちの眼差しに殺気が交じりはじめている。

「何か条件があるのなら教えてください！」

「そうですわ、なぜその子はよくて私たちはだめなのですか！」

焦るリオノーラの頭に、ぽん、と軽く手が載せられた。くしゃくしゃと撫でられる。

「んー、この子は特別だから、かな？」

「…………！」

火に油を注ぐような発言に、案の定、女官たちの表情が凍りつく。リオノーラは死を覚悟した。先頭の一人が眦を吊り上げて口を開きかけた、そのときだった。

「――今日はずいぶんと賑やかだねえ」

春風のように穏やかな声が、練兵場を吹き抜けていった。

振り向いた者、目を向けた者から順に膝を折っていく。

練兵場の入り口の門をくぐってきたのは麗しのシャーロット――ともう一人、ややふくよかな体型の貴公子だ。

肉づきがいいせいで糸のように細くなった両目は常に笑っているかのようで、温厚そうな人柄だけでなく気品も感じられる。癖の強い亜麻色の髪を後ろで束ねているのはジェレミアと同じだが、ややきつい印象のある彼と違って柔和で温厚そうな雰囲気がある。上等な上着の前が腹のせいで膨らんでしまっているのは愛嬌だろう。

王太子殿下、と誰かの呟きが聞こえてきた。

(この方がライオネル殿下?)

臣民から絶大な人気を誇る第一王子にして王太子の名だ。

戦時中は傷ついた兵士や騎士たちのもとを頻繁に慰問しては励まし、みずから治療の手伝いをしていたと聞いている。一方で諸侯との連絡を密に取って国内勢力の結束を図るなど、戦時下のヴァンレインを陰で支えた功労者と言われている。

(そして、シャーリーの婚約者……うーん、シャーリー好みのふくふくっぷり)

犬でも猫でも、飼っていた動物をことごとく丸々と太らせてきたシャーロットが、この王太子をすぐに好きになったのは納得だ。姉としては少し悔しいが、見た目も中身の人格も完璧では認めるしかない。

ハーヴェイがリオノーラの首に回していた腕をほどき、片膝をついて頭を垂れた。竜騎士の制服を着崩していても、こうした態度を取ればとたんに騎士らしく見えるのは、ボルドウィン家という伝統ある騎士の血筋を引いているからかもしれない。

思わず見つめてしまってから、リオノーラははっと我に返って慌ててひざまずいた。見れば、門番も竜騎士も侍女も女官も、みな膝をつくなり頭を垂れるなりしている。

ライオネルが苦笑して、とりなすように手を持ち上げた。

「そういうのはやめてくれないか、ハーヴェイ。私と君の仲じゃないか」

「その一言をいただいてからでないと、部下への示しがつきませんので」

いかにもしかたなくやりました、と言わんばかりの軽口を叩いてから、ハーヴェイが立ち上がる。気楽なやりとりと緩んだ表情から、二人の関係がうかがえる。

「お忙しいところ、ご足労いただき感謝します」

「それは皮肉かな？　戦が終わってからはヒマを持て余しているよ。婚礼の準備は忙しいけれど。それで、私に紹介したいというのは？」

「彼女です。ノーラ、立って」

「うぇっ⁉」

まさか指名されるとは思わず、変な声をあげてしまった。何がなんだかわからないまま立ち上がると、ハーヴェイが背中を軽く押してきた。前に出ろという意味らしい。

（団長、どういうことですか⁉　ばれたら大変なことに……）

ライオネルは母の異母兄の息子だ。幼い頃に一度だけ顔を合わせている。

とにかく相手の目を見なければ、と思ったが糸目すぎて視線を合わせられそうもないので、ひとまずおでこのあたりを見上げて背筋を伸ばした。

「大丈夫だから、任せて」

ハーヴェイはぼそりと耳打ちしてから、ライオネルに顔を向けた。

「非常に高い魔力の持ち主なので鍛えれば戦力になるかと思い、竜騎士に取り立てました。ひとまずは俺の従者として経験を積ませてみようと考えています」

ライオネルは相変わらず糸目で目玉がどこにあるのかわからないが、興味深そうな視線を向けているようだった。

「女性の竜騎士は二十年ぶりくらいかな。ハーヴェイが言うんだったら、本当に才能があるんだろう。期待しているよ」

「おそれいります！」

「殿下、王太子妃殿下と少しお話しさせていただいてもよろしいでしょうか？」

「それは構わないよ。シャーリー、おいで」

「まあ、ボルドウィン卿。わたくしに何かご用？」

ハーヴェイとシャーロットの視線が交錯する。二人とも外面が異常にいいので、昨夜の醜いやりとりなど微塵も感じさせない。

「彼女は王太子妃殿下の大ファンでして。何かお声をかけていただけないでしょうか。きっと励みになると思いますので」

リオノーラは弾かれるようにハーヴェイを見上げた。濃紺色の優しげな眼差しが返ってきて、やはりそうなのだと確信した。

シャーロットが小首を傾げて歩み寄ってくる。初対面の演技が堂に入っている。

「ノーラさん、とおっしゃったかしら。わたくし、まだこの国に来て日が浅くてお友だちがおりませんの。仲良くしていただけると嬉しいですわ」

「そんな、おそれおおいです」

リオノーラも一度は固辞する。もちろん演技だ。立場をわきまえずに飛びつくわけにもいかないのでぐっとこらえる。

「ふふ、そうおっしゃらずに。ぜひ、お友だちになってくださいませ」

「あの、では、喜んで！」

差し出された繊手を両手でしっかりと握る。何度も触れたことのある手なのに、今日はなぜだかとても新鮮な気持ちになった。

（シャーリーと友だち、シャーリーと友だち……）

これからは姉妹ではなく、友人としてつきあっていくのだ。新しい関係のはじまりに、胸の高鳴りが抑えきれない。

「友情っていいものだよね。私たちの友情もこう美しいものであってほしいな」

ライオネルの呑気な声が聞こえてくる。ええ、とハーヴェイが相槌を打った。

「殿下にまだ友と思っていただけているのでしたら、光栄です」

「そうかしこまらないでほしいんだけどなあ。まあいいよ。例の件、忘れてないよね？アクセルと契約できたということは、アレも問題ないと思っていいかな？」

に穏やかな表情でこちらを眺めていた。

「……もちろんです」

どこか自信がなさそうな声音に違和感を覚えて振り向けば、ハーヴェイはいつものよう

元同僚の女性たちからハーヴェイが戻ってきたと聞かされたのは、夕食を終えて眠る前に体を清めていたときだった。

あれから彼はライオネルとともに出かけていた。こんな時間に帰ってきたということは、外で食事をしてきたのだろう。どこかの貴族との会食だったのかもしれない。

（昼間のお礼を伝えなくちゃ）

シャーロットの件できちんと感謝の気持ちを伝えたいと思ってずっと待ち構えていたのだ。しかし他の騎士たちがたまり場としている食堂にも談話室にも姿がない。私室をノックしても反応はなく、鍵がかかっていた。

「団長ってもう帰られたんですよね？」

通りがかりの元同僚に訊ねると首を傾げられた。

「お部屋にいなかったの？　だったらカルロさんのところか、共夜の間じゃない？」

「共夜の間？」

リオノーラは首を傾げた。すぐに別の元同僚が苦笑して説明してくれる。

「そういえばノーラは知らないんだっけ。竜舎の奥に普段は使わない大きな部屋があるでしょう？　契約したばかりの竜騎士と竜は感覚をなじませるために、共夜の儀といって契約後三日間は夜を一緒に過ごすのよ」

そんな儀式があるとは知らなかった。

（待って。竜騎士と竜ということは、わたしもっていうこと⁉）

なぜハーヴェイたちはそんな大事な話を教えてくれなかったのだろう。

ありがとうございます、と礼を言って、リオノーラは慌てて部屋に戻り、寝間着の上にガウンを引っかけてから外へ出た。

まっすぐに竜舎へ向かうと、一番奥にある大部屋に向かった。竜がくぐれるほど大きな扉の隙間からは明かりは漏れていない。まだ来ていないようだ。

鍵はかかっていなかったので、取っ手を摑んで全力で開け、中に入る。

竜舎の中とは思えないほど人の部屋だった。家具こそテーブルと椅子が二脚、それと簡素な寝台が一つある程度だが、暖炉もある。竜は寒さを感じないからあきらかに人間用だ。

しばらく使用した形跡はなく、少し埃が積もっている。

（これはやりがいがあるわ！）

リオノーラは腕まくりをすると、さっそく作業に取りかかった。

床を箒で掃いてテーブルを布巾で拭き、寝台のシーツと毛布を清潔なものに取り替える。春とはいえ夜半は少し冷え込むので暖炉に薪をくべて火をつけ、ついでに薬缶で湯を沸かす。共夜の儀とやらの準備も見習いの仕事だと思えばやる気がみなぎってくる。

「しゃーりーしゃーりーしゃりしゃりしゃーりー♪」

自作の歌を口ずさみながら茶器をテーブルに用意し、ティーポットを温めているところで大扉が開く音がした。

ハーヴェイだった。背後には窮屈そうに体を縮めているアクセルの姿もある。

「ノーラ!?」

「あっ、お疲れ様です！」

「お疲れ様じゃなくてさ、こんなとこで何をやっているんだよ」

「何って、共夜の儀というものがあると聞いたので準備をしていたんです。どうして教えてくださらなかったんですか」

するとハーヴェイはいま気がついたとばかりに目を丸くした後、気まずそうに指先で頬を掻いた。

「あー……悪い、忘れてた」

「そんなことだろうと思ってました。いつもそんなことを言って書類の決済期限を破って、カルロさんに怒られてますもんね」

「違うって。いやカルロに怒られてるのは事実だけどな、ほら、共夜の儀って普通一人と一頭でやるもんだから……話聞いてる？」

「聞いてます。いまお茶をお淹れしますね」

言い訳を適当に聞き流しながら、リオノーラはティーポットを温めていた湯を捨て、香草をブレンドした茶葉を入れてから改めて熱湯を注いだ。

「俺は確かあんたを見習いにしたはずなんだけど、雑用係に戻ってない？」

「見習いなんて半分雑用係みたいなものですよ。はいどうぞ」

二人分のカップに香草茶をそそぎ、片方を手渡す。

ハーヴェイは諦め顔で受け取ると、椅子を引いて腰掛けてからカップに口をつけた。

「どうも。なんか妙に気合いが入ってるね」

「もちろんですよ！　だって今日はわたしたちの初夜ですから！」

「ぶっ!?」

ハーヴェイが茶を噴き出した。

「えっ、そんなにまずかったですか!?　分量は間違えてないはずなんですけど」

リオノーラは自分のカップに口をつけて一口すすってみた。

竜騎士団で代々飲み継がれているという紅茶をベースに謎の雑草や数種類のハーブを混

合した香草茶『違いのわかる竜騎士のこだわりゴールドブレンド』で、香りもきつすぎず口当たりもさわやかだ。決してまずくはない。

ハーヴェイはげほごほ言いながら口元を手の甲で拭った。

「いや、まずいとかじゃなくてね……ノーラちゃん、初夜の意味わかってる？」

「はじめて一緒に過ごす夜のことですよね？」

「大枠では間違ってないんだけどなあ。もしかしてヴァンレインとレイブラでは言語は同じでも言葉の意味が若干違ってたりするのかね」

「レイブラにしかない慣用句があるって聞いたことありますよ。なんだったかしら」

「まあいいけどね」

ハーヴェイが疲れた様子でずずっと香草茶をすする後ろで、アクセルがあくびをした。

「あっ、アクセルもう眠たいの？　まだ早いのに、珍しい」

「あんたと契約してひさしぶりに魔力を供給されたから、満腹で眠たいんだろう」

「そういうことでしたか。アクセル、いま絨毯を敷くからね。藁の方がいい？」

アクセルがどちらでも好きな方をどうぞとでも言いたげな目を向けてきたので、丸めて壁に立てかけておいた絨毯を広げる。アクセルは当然のようにその上で寝そべり、前肢の上に顎を載せた。

「それでは、わたしたちも寝ましょうか！」

するとなぜかハーヴェイは額を押さえてしまった。

「団長？」

「……大丈夫。言外の意味はいっさいないってわかってるから」

はあと長い息を漏らして顔を上げると、奥の寝台を指差してくる。

「ノーラちゃんはあっちで寝ていいよ。俺はアクセルのそばで寝るから」

そう言って、持参した毛布にくるまってアクセルの横腹に寄りかかる。今夜は床で寝るつもりのようだ。

「だめです！　わたしたちは同じアクセルの契約者なんですから、同じように寝ないと」

リオノーラは自分のぶんの毛布を抱えてハーヴェイの隣に腰を下ろすと、ぽすんとアクセルに寄りかかった。

「……このお姫様、警戒心を大断裂に落っことしてきてないか……？」

「何をおっしゃるんですか。警戒も何も、団長とアクセルが一緒なんですから安全に決まっています。あ、そうだ忘れてました」

リオノーラは毛布を横に避けて両膝をついて座ると、指先をそろえて頭を下げた。

「昼間のお礼を言いたくて。シャーリーと引き合わせてくださって……本当にありがとうございました」

正直、特別扱いをされるのは居心地が悪いが、こういう気遣いは素直に嬉しい。

「礼なんていいのに。また逢い引きされて注目されたら素性がばれかねないし、情報を管理しやすいようにっていうこっちの都合もあるしね」

ちなみにシャーロットが週に一度夜中に部屋を抜け出していた件については、苦手なダンスの練習を一人でこっそり行っていたことになっている。

「それでもお礼を言わせてください。団長のおかげでもうこそこそしなくても、堂々とシャーリーに会えるようになりました」

「堂々といっても、多少は警戒してくれよ。ジェレミアはともかくライオネル殿下は騙せるようなお人じゃない。王太子妃の嘘もどこまで信じているものやら。虫も殺せないような見た目に反してめちゃくちゃ腹黒いからな、あの人」

「そうなんですか？　意外です」

急にシャーロットが心配になってきた。妹はすっかりライオネルに惚れ込んでいるのだが、騙されていないだろうか。そう思ってしまうのは妹をとられた嫉妬も少しある。

「わたしのことも疑われているんでしょうか」

「どうだろうね。まあ、既にじゅうぶん目立ってるし、特別扱いをするのもまずいよな。他の連中に怪しまれるのも困るし、週末あたりから夜の巡回任務もしてみるか？」

「巡回！　すごく騎士っぽいですね！　早くやりたいです！」

思わず拳を握りしめたら、あきれた眼差しを向けられた。

「ノーラちゃんって、間違いなく生まれてくる血筋を間違えたよね」

「わたしもそう思います！　騎士に生まれてシャーリーを守りたい人生でした！」

「過去形にしないでね。竜騎士見習いもいちおう騎士なんだから」

「もちろんそのつもりです。立派な竜騎士になるために、びしばししごいて……ふぁ」

思わずあくびが出てしまい、慌てて口元を押さえる。

「すみません。なんだかものすごく眠くて。鍛錬のせいでしょうか」

「それもあるだろうけど、アクセルに魔力を吸い取られてるからじゃないかな。ま、初日はこんなもんさ。そのうち体が慣れてくる」

経験者ならではの口ぶりに、そういえばハーヴェイにとってアクセルが二頭目の契約竜だということを思い出した。

「団長も……前の竜のときは、こうだったのですか……？」

ハーヴェイが表情を強張らせたように見えたが、気のせいだったかもしれない。

目がかすんできてすぐに気にならなくなってしまった。リオノーラは急いで毛布を体に巻きつけて座り込んだ。両腕で抱えるようにした膝の上に顎を載せると、なんの話をしていたのかすらもはやわからなくなってしまった。

「……ここはいいところですね」

「うん？」

「みんないい人ばかりで……団長はちょっとチャラいしアクセルは意地っ張りですけど、みんな温かく迎(むか)えてくれて……」

「本人に向かってチャラいとか言わないように。否定はしないけど」

「ヴァンレインって、もっと怖(こわ)いところだと思っていたんです。シャーリーは幸せ者です。わたしなんていなくても、きっと……」

ふわりと頭を撫でられた。大きな手が幼子をあやすように優しく髪を梳(す)いてくれる。

「大好きなお姉様が一緒にいてくれた方が、もっと幸せだよ」

「ええ、そうだと、嬉しいです……」

「おやすみ」

意識が吸い込まれるような感覚とともに、リオノーラは眠りに落ちていく。

「……あんまり安心されても男としては困るんだけどね。っと、そう睨(にら)むなよアクセル。手は出さないって」

そんなぼやきが聞こえた気がしたが、目を覚ますまでの間に忘れてしまった。

夜の巡回警備は王宮を四つの区域にわけて考え、それぞれの区域を竜騎士二人で一組と

なって行う決まりとなっている。

王宮全体の警邏には竜を持たない兵士たちが配置されているが、空からの襲撃等に備えて竜騎士が二人、城壁上にある歩廊を巡回警備することになっている。少し広くなったスペースでは、竜舎から連れ出された二頭の竜が退屈そうに鎮座している。

待ちに待ったはじめての巡回任務の夜、リオノーラはジェレミアともう一人、エリアスという黒髪の若い竜騎士につき従うかたちで同行していた。まずは二人組の後について仕事を覚えることになったのだ。

はじめて袖を通した群青色の制服や腰に下げた剣が妙に重く感じられる。

「いいか。王宮警備はチームプレイだ。情報の共有が何よりも大事になる。何か異常があったら、どんなに些細なことであっても逐一報告、それが不可能な状況ならば警笛で危険を周知する。それが基本だ」

「はい、勉強になります！」

歩廊を順路どおりに進みながら、ジェレミアの助言を手帳へ書き記していく。

ぷっとエリアスが噴き出した。

「ノーラもだけど、ジェレミアも張り切りすぎじゃないか？　そんなに指導熱心なタイプじゃなかったと思うけど」

エリアスは騎士階級の出身ながら王子が相手でも気安い口を利く。竜騎士団全体が出自の差がない雰囲気になっているのは、ハーヴェイの影響かもしれない。

「なっ⁉　僕はもとからこうだ！　こいつだけ特別扱いなどしていない！」

「誰もそこまで言ってないよ？」

「ぐっ……！」

　ジェレミアが痛いところを突かれたとばかりに言葉に詰まる。

　彼はハーヴェイと違ってリオノーラの素性を知らない。特別扱いをする理由があるとしたら、他のところにあるはずだ。

（つまり、わたしの出来が特段に悪いから、優しく指導せざるをえないってことよね）

　竜騎士見習いにしてほしいと直談判したときは、こんなことになるとは思ってもいなかった。理由は違えども周りの人々を過保護にさせてしまう自分が情けない。人よりも手をかけてもらっているぶん、早く成長しなければと気を引き締める。

「ジェレミアさん、お手間をおかけしてすみません！　すぐには無理かもしれませんけど、しっかり学んで、足手まといにならないように気をつけますから」

「そ、その意気だ。おまえのことはしっかり指導してやる。なんなら、ジェレミア先輩と呼んでくれても構わんぞ」

「はい、ジェレミア先輩！」

「………っ！」

　ジェレミアはなぜか絶句して固まった後、流れるような動きで見張り台の壁に額を押しつけて突っ伏してしまった。表情は見えないが、肩が小刻みに震えている。

「先輩、どうしちゃったんでしょうか」

「ほっといていいよ。気持ちはわからなくもないけど、普段の態度が態度だから応援する気になれないし」

「？　はあ」

　エリアスは含み笑いを浮かべながらさっさと歩いていってしまう。

　ジェレミアの様子が気になったが、置いていかれてはかなわない。少し迷ったすえ、リオノーラは早足になって追いかけた。

「そういえば、エリアスさんはご兄弟が多いそうですね」

「七人兄弟だよ。上が三人、下が三人。それが何？」

「いえ、ご実家の保有する竜は一頭だけだったと聞いたので、ご兄弟の中でどうしてエリアスさんが竜騎士になられたのかなと」

　竜は竜騎士と契約を解除、または死別すると野生に還る者もいれば、家に留まり、その家系に竜騎士にふさわしい者が現れるまで待つ者もいる。エリアスの家の竜は後者だ。敬虔な天竜教徒の家系らしいから、待遇もよかったに違いない。

「どうしてって……向こうから契約しろって言ってきたからだよ。他に理由なんてない。

俺は普通の王宮騎士でもよかったのに。それだけだよ。がっかりした？」

リオノーラはぶんぶんと首を横に振った。

「いいえ！　お家で代々受け継がれていく竜と契約するのも素敵だと思います」

掛け値なしにそう思う。少なくとも、竜房に毎日通い詰めて契約を迫り、無視をされるたびに野菜でつついて嫌がらせをしていた人よりもずっとロマンがある。

「ノーラはどうして竜騎士になりたいんだ？　竜と契約したわけでもないし、契約できるっていう保証もないのに」

「わたしは……」

なんと答えたらいいのかわからなかった。

シャーロットのそばにいたかった、というだけでは説明できない。ハーヴェイをアクセルと契約させたかったのもあるが、それは最後の一押しになっただけだ。

「わたしは、ずっと役立たずで……誰かに役に立ちたくて、それで」

そこまで言いかけたとき、エリアスの背後の闇を何かが落ちていったように見えた。

とっさに口をつぐみ、急いで歩廊の端に駆け寄った。地上を見下ろして目を凝らすことしばし、樹木と樹木の間を飛ぶように移動する影を発見した。猫などの小動物ではありえない。人影だ。それも、二つ。

「あれを！」

エリアスが隣に来て目を凝らす。ややあって人影を見つけたらしく息を漏らす。

「驚いたな。ノーラ、お手柄だ」

「ジェレミア先輩を呼んできましょうか？」

「だめだ、悠長なことをしていたら逃がしてしまう。俺は右のやつを追いかける。君は左のやつを追いかけろ。相手が不審者だとわかるまでは笛は吹くな。いいね？」

「了解です！」

ジェレミアの教えとは異なるが、そのあたりは臨機応変ということだろう。

リオノーラたちはハシゴを下りると、二手にわかれて影を追跡した。まだ相手が何者かわからないので、エリアスに言われたとおり警笛は吹かない。自分と妹のように、深夜に人知れず密会しているだけの者ならば、邪魔をしてしまう。

小道を抜けると視界が開けた。この先は竜騎士団の詰め所や竜舎くらいしかないが、いったいどこへ向かっているのだろう。

ふと、物置小屋のそばを通過したところで人影が見えなくなった。

(見失った!?　どうしよう、警笛を吹いた方が……)

一瞬迷ったそのとき、背筋にぞくりと嫌な冷たさが走った。

とっさに剣を抜いて頭上に構えながら振り向いたのは、正しい判断だった。ぎんっ、と鋭い金属音とともに、構えた剣に強い衝撃が乗り、柄を握る手に痺れが走る。

黒っぽい装束に覆面をした襲撃者と、間近で目が合った。

「くっ……！」

覆面はいったん剣を引いてから再び繰り出してきた。リオノーラは必死に剣を構える。

一合、二合。刃が交錯するたびに手がじんと痺れ、体の震えが増してくる。

数度刃を交えただけで理解した。相手は自分よりずっとうわてだ。

怖い、などと弱気になりかけた感情を追い払おうとする。念願の初任務だ。活躍こそできなくとも、ジェレミアたちの足を引っ張るわけにはいかない。

（ここを突破されでもしたら――）

悪い考えが頭の中でむくむくと成長していく。

もしもここを突破されたら、何が起きるだろう。

目的がわからない以上、どんな危険も考えられた。重役や王族の命を狙っていたらどうする。標的はシャーロットかもしれない。妹の命を奪い、レイブラとヴァンレインの関係を悪化させることが目的ではないとどうして言い切れる。

（シャーリーに危険が……シャーリー……――っ！）

かっ、とリオノーラの瞳に炎が宿る。

「――しゃあああ、りいいいいっ!!」

渾身の力で剣を振り上げ、頭上から迫りくる剣を弾いた。

うまく魔力を載せられたのだろう。覆面もまさかこんな小娘が強い剣撃を繰り出してくるとは想定外だったらしく、脇を上げた格好でたたらを踏む。

「しゃあああっ！」

気合いの咆哮をあげながら、リオノーラはがむしゃらに剣を振るった。

シャーロットには指一本触れさせない。妹は自分が守る。その一心だった。

覆面は剣を受け流しつつじりじりと後退していき、ついには塀際まで追い詰められた。

（やれる！）

後は首元に剣を突きつけて、投降を勧告するのだ。竜騎士としての日々の鍛錬で教わったことを頭の中でシミュレートする。

懐に飛び込むようにして間合いを詰め、喉元へと下から剣を突きつける。

「ここまでです！　おとなしく投降しなさい！」

覆面が苦々しげに両手を挙げたそのとき、不意にぞくりと嫌な予感を覚えた。本能に従って横に振るった剣先が、死角から斬り込んできた人物の右上腕部をかすめる。

（――え？）

同じ覆面、黒装束の人物だ。体格からしておそらく男だろう。リオノーラへの奇襲に失敗するやいなや、身を翻して逃走していく。

（もう一人いた!?　それともさっきエリアスさんが追いかけていった方？）

敵は二人なのか、三人なのか。戦力のはっきりしない状況で襲撃者を追いかけるべきかどうか、迷ったのは命取りだった。

はっと視線を戻したときには、目前から追い詰めたはずの覆面の姿が消え失せており、背後に殺気を感じていた。一瞬の隙を突いて逃げた覆面に背後を取られてしまう。

慌てて身をひねりつつ剣を持ち上げるが、既に頭上から覆面の剣が迫っていた。

間に合わない。

そのまま切り裂かれるかと思いきや、覆面は途中で振り下ろすのをやめて体をひねり、剣を後方へと繰り出した。

鋭い金属音が響き、覆面の背後で剣を構えていた人物の姿が見える。

ハーヴェイだ。普段着に剣帯、そこに鞘に納めた剣を引っかけた格好の彼は、黒髪を靡かせ、夜空と同じ色の双眸を鋭く輝かせている。

「団長！」

ハーヴェイはこちらに目も向けずに剣を振り払う。

一合、二合。剣と剣が交錯するたびに、覆面の体勢があきらかに崩れていく。体格にそれほど差はなさそうなのに、剣撃の重さが、鋭さが、正確さが違う。

それと、魔力の差もあるかもしれない。さきほどリオノーラが一時的とはいえ覆面を押し込めたのは、火事場のなんとやらで全身にうまく魔力を載せられたからだろう。

覆面が強く剣を弾かれた。がらあきになった脇腹（わきばら）を、ハーヴェイの繰り出した剣がかすめる。傷は浅くはない。

さすがに分が悪いと察したか、覆面は大きく飛（と）び退（の）き、地面を蹴（け）り上げる。

砂を巻き上げて目潰しを狙ったようだったが、それはハーヴェイも読んでいた。一瞬だけ目をつぶってやり過ごして一気に踏み出し、間合いを詰めると、手本のような動きで剣先を覆面の喉元へ突きつける。

「ここまでだ」

覆面が剣を落とす。

観念したかと思いきや、がり、と嫌な音を立ててその場にくずおれる。ハーヴェイは即座に駆け寄って覆面の首元に手を当て、顔をしかめた。自害したようだ。それから覆面を手ではぎ取って、表情を強張らせる。

「だんちょ……」

「なぜ警笛を吹かなかった！」

ハーヴェイが剣を鞘に納めながら叱声を飛ばしてきた。眉の吊り上がった険しい顔つきに、安堵（あんど）でこぼれかけていた涙（なみだ）が引っ込み、自然と背筋が伸びる。

「申し訳ありません！　その、タイミングがわからなくて」

実際はエリアスからまだ吹くなと指示されたからだが、告げ口するのは気が進まなかったのでそう答えた。吹くべきか否か、何度も悩んで吹かなかったのは自分だ。

「あんたは見習いなんだ、異状が見つかったら間違いでもなんでもいいからとにかく吹いてりゃいいんだ。俺が来なかったらどうなっていたか……」

「本当にすみません……でも団長はどうしてここに？　お休みになられたのでは」

「ん？　ああ、たまたま通りかかったんだよ、たまたまね」

ハーヴェイが頭を掻きながらにへらと軽く笑う。一瞬、目が気まずそうに泳いだのをリオノーラは見逃さなかった。

「もしかして、心配して見にきたんですか……⁉」

「ちょっと寝苦しくてね、夜風に当たりに出てきただけというか」

「そんな嘘が通じると思ってるんですか？　笑っても無駄です！」

はたから見れば、見習いの初任務に竜騎士団長がみずから乗り出してきた構図になるのだが、大丈夫だろうか。シャーロットとの仲よりも、ハーヴェイの過保護から素性がばれるのではないかと心配になってくる。

特別扱いは不本意だが、おかげで助かったのは確かだ。危険が去ったいまでも、心臓はどきどきと早鐘を打っている。

（誰かに守ってもらったのって、はじめて）

人に守られるというのはこんな気持ちになるのか。

　ずっとシャーロットを守るために孤軍奮闘してきたから知らなかった。どうしようもなく温かな気持ちになる一方で、いたたまれない感情も芽生えてくる。

（嬉しい、けど……情けないわ）

　自分の身すら、自分で守れない。

　力のなさが悔しくてしかたがなかった。もっと強くなりたい。戦力とまで言わなくとも、ハーヴェイや他の竜騎士の手をわずらわせずにすむくらいの力がほしい。

「ていうか、なんであんたが一人でこいつの相手をしているんだよ？　ジェレミアとエリアスはどこへいった？　サボりならただじゃおかないぞ」

「あっ！　そうでした！　もう一人の方はエリアスさんが追いかけていったんですけど」

　言いかけたとき、強い風が吹いた。

　月のない夜空を大きな影がよぎる。竜とその騎手による騎影だ。この時間の飛行は緊急時以外では禁じられている。自分の竜騎士ではない。

「逃がしたみたいだな……あいつら、後でお説教だ」

　ハーヴェイはすぐに周囲を見回した。異変に気づいた兵士たちが奔走している姿こそ見受けられるものの、目当ては見つからなかったらしく残念そうに舌打ちした。

「竜舎に一番近いのは俺たちか。しかたない。追跡するぞ」

言うが早いか、ハーヴェイはリオノーラの手を取って走り出した。

「それって、飛ぶっていうことですか!?」

「他に方法ある？　あの高さじゃ打ち落とせないでしょ」

「そうですが……」

ならばなぜ、自分の手を引いていくのだろう。いままさに、役立たずっぷりを露呈（ろてい）させたばかりの身だ。ついていったところで足手まといにしかならない。

わけがわからないながらも一緒に走っていると、まもなくして竜舎の前に到着（とうちゃく）した。竜舎番の青年が血相を変えて駆け寄ってくる。

「団長、さっき空に竜が……！」

「すぐに追いかける！　大扉を開けてくれ！」

「はいっ！」

彼が飛行前の準備を整えているうちに、二人は急いでアクセルのもとへ向かった。

厳（いか）つい面構（つらがま）えの竜は起きていた。事態を察して待ち構えていたふしすらある。

「よう、アクセル。俺たちの初飛行だ。準備はいいな？」

もちろん竜は何も語らない。金色の両眼で見つめてくるだけだ。

ハーヴェイはアクセルを竜房から出し、大扉の前まで連れてくると、小高い背へ慣れた様子で一足で飛び乗った。

（ついに飛ぶんだ）

この一ヵ月あまり、竜騎士契約を巡る一人と一頭の攻防をずっと目の当たりにしていたので、感慨もひとしおだ。

彼らを見送るつもりで眺めていたリオノーラは、竜の背から伸びてきた手に腕を摑まれ、あっという間にハーヴェイの後ろへ引っ張り上げられた。

「わあああ！　団長、何を⁉」

「なーに見送ろうとしてんの。一緒に飛ぶんだよ。まだ契約して日が浅いし、アクセルに魔力切れを起こされちゃかなわない」

「く、鞍は⁉　手綱は⁉」

「竜具をつけているひまはない。別になくてもいいだろ？」

「よくないですっ！」

切実な叫びは、大扉の開く音で掻き消された。

リオノーラたちを背に乗せたアクセルが扉の外へと踏み出し、ゆっくりと翼を羽ばたかせると、巻き起こる風に髪と制服の裾が舞い上がるどころか、その背にいるリオノーラまでもが煽られて体勢を崩しそうになる。

「しっかり摑まってろよ、お姫様！」

「お姫様呼びはやめ——ひゃあああっ⁉」

がくんと大きな揺れによろめきそうになり、必死にハーヴェイの背中にしがみついた瞬間、急激な浮遊感に襲われた。

ひっ、と喉の奥から声を漏らし、目をつぶる。

強すぎる風にもみくちゃにされ、体ごとさらわれてしまいそうだ。それでもハーヴェイの背中が防風壁になっているおかげで、なんとか瞼を開けることだけはできた。彼の背中に頬を押しつけてしがみついている格好のまま、横を向いて息を呑む。

「わあっ……！」

視界いっぱいに、広大な夜空が広がっている。他には何もない。はるか遠くの地平線には細長い山脈の輪郭が見えるくらいだ。

美しい景色を目にしたとたん、さきほどまで暴君でしかなかった強風が気持ちよく感じられるようになるから不思議だ。

（風に乗ってる！）

それどころか、風そのものになったかのようだ。気持ちがいい。

「下は見るなよ」

「下って——ひゃっ！」

気になって視線を下げてみれば、豆粒のように小さくなった屋根の連なりが見えた。王都の上空を飛んでいるのだと実感して、腰のあたりがむずむずしてくる。

「これから加速する。口を閉じてないと舌を噛むぞ」

はいと返事をする代わりに、ハーヴェイの腰に腕を回して、しっかりとシャツを掴む。

とたんに吹きつける風が強さを増した。馬術とは異なり、足や手綱などで指示を送る必要はない。竜騎士と竜は感覚を共有できるからだ。

リオノーラは強風に目を細めつつ、ハーヴェイの肩越しに前方を見やった。前方に竜の騎影がある。背に跨っているのは、リオノーラに襲いかかってきた男と同じ黒装束だ。

長い尾を左右に揺らしながら飛ぶ竜の後ろ姿が、急速に近づいてくる。

追いつくのは時間の問題だ。しかし、疑問が一つあった。ハーヴェイは弓矢も投擲槍も持っていない。武器は腰に下げた二本の剣だけだ。

竜は巨体で翼も尾も長大なので、剣が届くほど近くまで体を寄せることはできない。どうやって相手を捕らえるつもりなのだろう。

その答えはすぐにわかった。

「死ぬ気でしがみつけ！」

えっ、と思った瞬間、視界が一気に傾いた。それどころかほぼひっくり返る。竜が背面飛行をはじめたのだ。

「きゃあああああっ!?」

振り落とされそうになって必死に摑まるが、既に両脚(りょうあし)は竜の横腹から離れて宙ぶらりんになってしまっている。この高さから落ちたらひとたまりもないだろう。落下への恐怖(きょうふ)で叫ばずにはいられない。

「団長の馬鹿(ばか)っ、人でなしーっ！　落ちて死んだら毎日化けて出ますよ！　枕元(まくらもと)で作詞作曲わたしの『シャーリー賛歌』を第八番まで歌ってやりますからーっ！」

「毎晩夜這(よば)いに来てくれるって？　そりゃ光栄」

ハーヴェイが余裕(よゆう)で軽口を叩いてくる。

逆さまになっても騎乗(きじょう)姿勢がまったく崩れていないのは、竜の腹をしっかりと両脚で挟(はさ)み、そこに魔力を溜(た)めて膂力を増大させているからだろう。

アクセルが背面飛行のまま黒装束の竜の上方に差しかかり、飛翔(ひしょう)速度を合わせる。

黒装束がぎょっとした様子で剣を抜くが、ハーヴェイの剣の方がわずかに速い。

刃が交錯し、火花が散る。

ハーヴェイの剣捌(さば)きは逆さまとは思えないほど、そしてリオノーラを腰にしがみつかせているとは思えないほど安定していた。弓術の腕も卓越(たくえつ)していたが、剣術(けんじゅつ)もそれ以上に巧(たく)みだったようだ。何より戦法がでたらめだ。

（めちゃくちゃすぎます！　でも、すごく強い――）

相手も出鼻を挫(くじ)かれたためか、あきらかに対応に苦慮(くりょ)していた。五合、六合目までは耐えたものの、七合目で黒装束の手から剣が弾かれる。

ハーヴェイは手首をひねり、返す刃で黒装束の肩から胸にかけてを切り裂いた。黒装束が体勢を崩し、竜の上から落下する。

騎手を失った竜はすぐに一回転して引き返し、落下していく黒装束の後を追いかけて急降下していく。

アクセルが体を回転させ、通常の飛行体勢に戻る。おかげでリオノーラも再び竜の背に跨ることができた。足に何かが触れているというだけで安心感が違う。

ここから一気に黒装束たちを追い詰めるのかと思いきや、アクセルにも、ハーヴェイにもその様子がない。いったいどうしたのだろう。

「団長、追いかけないんですか――」

肩越しに横顔をうかがって、気がついた。

月明かりでもわかるほどに顔色が悪い。肌にびっしりと汗がへばりついている。

「……ごめん、ノーラちゃん。俺、気を失うかも」

「は――ええっ⁉」

「アクセル、後は任せた……」

ぐらり、とハーヴェイの体が傾いてきた。しがみついたまま支えようとするが、重みに耐えきれずに両脚が再び竜の背から離れる。

え、と思ったときには、ハーヴェイを抱えたまま空中に放り出されていた。

「きゃあああああああっ⁉」

必死に彼の腰にしがみつくが、そこは既に支えではなくなっている。

自由落下の恐怖の中、すぐに急降下して追いかけてきたアクセルの姿が見えた。鉤爪になった後ろ足が伸びてきて、リオノーラとハーヴェイの体を優しく摑み取る。

「アクセルっ！」

竜は無言でゆっくりと高度を下げていく。

やがて郊外にある小さな丘が見えてきた。雑草の生い茂ったそこに地面ぎりぎりまで近づいてから、アクセルはリオノーラたちを摑む肢を開いた。

柔らかい雑草の上に放り出され、しばらく転がされてから身を起こす。体中に少し痛みはあるが、怪我はなさそうだ。顔を上げると、着地したばかりの竜と目が合った。金色に輝く無感情そうな両眼に見つめられて、安堵のあまり泣きそうになった。

「ありがとうアクセル！　もう大好きっ！」

リオノーラが飛びつくと、竜の鼻先は幼子をあやすようにゆっくりと上下した。硬い皮膚越しに伝わってくるほのかな体温に少し気持ちが落ち着く。

そういえばハーヴェイは無事だろうか。竜の鼻先から降りて周囲を見回してみると、すぐに仰向けになって倒れている青年の姿が見つかった。

「団長！　大丈夫ですか！」

急いで駆け寄って、かたわらに膝をついて具合を確かめる。見たところ怪我はない。呼吸はある。脈も正常だ。ただ血の気を失った顔色は白く、汗に熱を奪われたのか湿った肌が少し冷たい。

「……悪かったね。怖い思いをさせちゃって」

ハーヴェイがうっすらと目を開けて苦笑いを浮かべた。物言いは軽薄だが、かなりつらい状態なのは顔を見なくてもわかる。

ひとまず懐からハンカチを取り出して、彼の汗を拭いながら訊ねる。

「急に意識を失われたからびっくりしました。途中まで元気に戦ってらしたのに。もしかして、また例の古傷が痛み出したんですか？」

「いや、もうちょっと厄介な方かな……」

ハーヴェイはそう言いながら、地面に片方の手をついて上体を起こそうとする。リオノーラは急いで背中に手を回して彼を支えた。

「厄介な方って？　他に怪我でもあるんですか？」

「……いや、なんでもない。怪我はないよ。いまのは忘れて」

なんでもないと言うわりには、自嘲気味な笑みは痛ましいほど弱々しかった。

第三章
痛みをこらえて鳥は飛べるか

リオノーラはジェレミアやエリアスと並んで背筋を正していた。

周りには今夜の警備を担当していた騎士や兵士たちの姿もあり、みな一様に厳しい顔をして顔を前に向けていた。

視線の先には、警備隊長の赤ら顔が怒りでさらに赤くなっている。

あれからすぐに王宮へ引き返すと、既に大騒ぎになっていた。覆面男の遺体は衛兵たちに見つかり、飛び立つ竜の騎影も多数に目撃されていたのだから当然だろう。警備を担当していた者全員が集められて、いまは詰め所にて警備隊長による説教の真っ最中だ。

「貴様らは何をやっている！　賊の侵入を許した上に三人中二人までもをみすみす逃すとは不覚にもほどがある！　王宮警護をなんと心得ているのだ！」

彼の言うとおり、王宮に侵入した賊は二人ではなく三人いたらしい。

リオノーラが一人目の覆面と格闘していた頃、ジェレミアとエリアスはそれぞれ別の覆面を追いかけていたというのだ。リオノーラを奇襲し、手傷を負って逃げた方の覆面はエリアスが追跡中に見失った者である可能性が高い。

だが腑に落ちない点もある。一人目の危機に三人目が駆けつけたということはごく近くにいたはずなのに、どうして最初の発見時に見落としたのだろう。

「そこの娘！　何をぼうっとしている！」

怒鳴り声にはっと顔を上げると、警備隊長とものの見事に視線が合ってしまった。

「わ、わたしでしょうか」

「貴様以外に誰がいる！」

我ながら馬鹿な質問をした。この場に女はリオノーラしかいないのだから「女」というのは自分のことを指しているに決まっている。

「報告によれば最初に賊を発見したのは貴様だそうだな？　なぜ警笛を吹かなかった？」

「それは……」

リオノーラはちらりと横目で隣に立つエリアスをうかがった。エリアスは強張った顔で真正面を見つめていて、こちらの視線には気づかない。あるいは、気づかないふりをしているのかもしれない。

警笛を吹かなかったのはエリアスの指示だ。しかし彼の名を出せば、叱責を受けるのは彼だ。告げ口はどうにも気が進まなかった。

「……動転してしまって、失念しました」

警備隊長はふんと鼻を鳴らしてから、他の衛兵たちを大仰に見渡してみせた。

「聞いたか？　賊を見ただけでびびって笛も吹けない小娘が、竜騎士になるんだそうだ」

　室内のあちこちから、嘲るような含み笑いが漏れる。恥ずかしくてたまらなかった。

「よし。小娘、歯を食いしばれ」

「えっ？」

　前に並んでいた衛兵たちが何かを察して道を空け、警備隊長が近づいてくる。嫌な予感がして思わず後じさると、背中が後ろの兵士にぶつかった。

「えっ、じゃない。失態をした者には拳で気合いを入れるのがここでの流儀だ」

「殴られるっていうことですか⁉　そんな……」

「待て！」

　ジェレミアが声を張りあげて、リオノーラと警備隊長の間に遮るように腕を出した。

「なんですかな、殿下」

「いや、女性の顔を殴るのはどうかと思うのだが」

「なるほど。さすがは殿下、弱き者にお優しいのは紳士としてご立派です。しかしこの者は女だてらに騎士になろうとしておるのですぞ。我々男の世界に割って入ろうとするのならば、男と同じ扱いを受けるのが当然だと思いますがね？」

「そうかもしれないが……」

ジェレミアが返答に苦しんで言葉尻を濁す。

反論が難しくて当然だ。リオノーラにも警備隊長の主張は筋が通っていると思えた。特別扱いはいらない。平等を求めるなら、嫌なことだって受け入れるべきだ。

だから、勇気を奮い起こして一歩前に出た。

「警備隊長のおっしゃるとおりです。拳を受けさせていただきます」

「ノーラ！」

「ジェレミア先輩、かばってくださってありがとうございます。でもわたしはこれでも竜騎士見習いですから、このくらい平気です」

ありったけの力を目元に込めて、警備隊長を見据える。本当は怖くてたまらない。殴られた経験なんてもう何年も前で、しかも相手は当時十二歳の異母姉だ。子供の拳と大人の拳とでは威力がまるで違う。

だが、失態を犯したのは自分なのだ。甘んじて罰は受けるべきだろう。

「ようし、なら歯を食いしばれ」

リオノーラはぎゅっと目をつぶって歯を食いしばった。

ひゅんと拳の風圧による微風を頬に感じた直後、ばちんと肌と肌がぶつかる音がした。

驚いて瞼を開けると、目前まで迫った拳を誰かの手が受け止めている。

「危ない、危ない。間に合ってよかったよ」

軽薄そうな声音に、思わず背後を振り仰ぐ。

「団長！」

ハーヴェイは警備隊長の右拳を左手のひらで受け止めながら、にっこりと笑った。

丘の上へ墜落した後、彼はなぜか竜に乗ろうとせず、リオノーラとともに徒歩で王宮へ戻った。そこで治療のため一度別れたのだが、見たところもう体調も問題なさそうだ。

警備隊長がいまいましげに舌打ちをした。

「ボルドウィン卿。あなたも邪魔立てするおつもりで？　見習いだか愛人だか存じませんが、よほどこの娘が大事なようで」

衝動的に反論しかけたが、ハーヴェイのもう一方の手に肩を摑まれたので自制した。

「なんと言ってくれても構わないよ。けどね、見習いっていうのは責任がないから見習いって呼ぶものだと俺は思っている。こういうときは見習いが従事している相手が代わりに責任を取るべきだろう。つまり、俺が」

やんわりと警備隊長の拳を下ろさせ、さりげなくリオノーラの肩を後ろに引いて下がらせると、ハーヴェイはすぐに体を割り込ませて警備隊長の真ん前に立った。

「ほう？　竜騎士団長みずから頭をお下げになる、と？」

「いや、頭は下げないよ。俺は竜騎士団長であんたは王宮騎士団の警備隊長。頭を下げる道理はない。だから拳を受けよう」

ぎょっとして見上げると、ハーヴェイは平然とした顔で目を閉じてみせた。

「やめてください！　殴られるならわたしが……」

リオノーラは慌ててすがりついたが、横から伸びてきた手に引き離された。ジェレミアだ。難しい顔をして首を横に振ってみせる。言うとおりにしろという意味だろう。

警備隊長が嗜虐的な笑みを浮かべて、拳を繰り出した。

加減なしの力で殴られたハーヴェイがよろめきつつも、なんとか踏みとどまる。周囲が息を呑む中、ハーヴェイは口の端から赤く細い筋を垂らしながらにっこりと笑い返した。

警備隊長がつまらなそうに目元をぴくりと引きつらせる。

「じゃあ、この件は終わりということで。ジェレミア、エリアス、帰るぞ。ノーラも」

ぽん、と肩に手を置かれたが、ノーラは顔を上げることができなかった。

殴られたのは自分ではないというのに、胸が痛くて泣いてしまいそうだった。

ハーヴェイはリオノーラたちを先に廊下へ出すと、部屋を後にする直前に「あ、そうそう」と足を止めて振り返った。

「俺が仕留めた賊の件。見覚えのある顔だったから上に報告しておいたよ。王宮騎士だ。たぶんあんたの部下なんじゃないかな」

「なっ!?」

一瞬にして場の空気が変わった。口止めでもされていたのか、知らない者も多かったらしく急にざわめきはじめる。

「なんであんな格好をしていたのか知らないけど、その件で近々呼び出しがあると思うから対応よろしく。それじゃあ諸君、よい夜を。ってもう朝かな」

波風を起こしてから扉を閉めるあたり、彼なりの意趣返しだったのかもしれない。


外に出ると、既に夜が白みつつあった。

詰め所を出てしばらくの間、リオノーラたちはハーヴェイの後を無言でついていった。

ポプラ並木に挟まれた小道を進んでいくとやがて道が二手にわかれた。竜騎士団の拠点へ続く坂道と、そのまま宮殿の方へ続く細道の手前でハーヴェイが足を止める。

「ジェレミア、エリアス。おまえたちは先に戻れ。カルロがおかんむりだ。絶対反省文を書かされるから、少しでも眠りたかったら急げ」

ジェレミアとエリアスはちらりと視線を交わすと、すぐに走り去っていった。

「あの、わたしも」

「ノーラはついてきなさい」

有無を言わさずにハーヴェイが宮殿の方へと歩き出す。いつもと違う口調にただならぬ気配を感じて、リオノーラは黙ってつき従うしかない。

（……怒ってる、わよね）

自分のせいで恥をかかされた上に、殴られたのだ。腹を立てて当然だろう。

ハーヴェイは宮殿ではなくその裏手に回ると、周囲に人気がないことを確認してから振り返った。珍しく神妙な面持ちにリオノーラはいよいよ叱られるのだと内心で身構える。

「どこまで話した？」

「……どこまで、とは」

「あんたの正体とか、アクセルとの契約とか、俺が墜落したこととか」

警備隊長への報告内容の確認だった。すぐに首を横に振ってみせる。

「どれも話していません。不審な人影を見つけて追跡したことと、応戦したこと、たまま通りかかった団長に助けられたことくらいしか」

「本当に？」

リオノーラはこくこくと必死でうなずいた。

「そうか……あー、よかったー」

心の底から絞り出すようにつぶやいて、ハーヴェイが肩を落とした。ばれたらどうなっていたことか……

「どこまで知られているのかわからなくて内心ひやひやだったよ。ばれたらどうなっていたことか……いてっ」

力なく笑いかけて、切れた唇の痛みに顔をしかめる。

リオノーラは慌ててハンカチを取り出して、彼の口元に押し当てた。

「いてて。そっとね、そっと」

「……怒っていないのですか？」

「なんで？　警笛の件なら最初に叱ったでしょ。二度も怒らないよ」

「でもわたしのせいで、警備隊長に殴られました」

ハンカチを引っ込める。口の端ににじんでいた血は多少拭えたものの、頬の腫れはかえって目立つようになってしまった気がする。

その頬にそっと手を伸ばして触れてみると、患部がじんと熱を帯びていた。

「すごく痛そう……もう、なんてお詫びしたらいいのかわからないです」

「お詫びはいいから、ちゅっとやってくれない？　そうしたら痛みも吹き飛ぶかも」

「えっ」

ハーヴェイが唇に人差し指を押し当てておどけてみせる。

「もうっ、ふざけないでください！」

頬を熱くさせて抗議してから気がついた。

「そうやって、いっつもちゃかして……わたしに気を使わせまいとしてくださっているのはわかっています。どうしてそんなに過保護なんですか。王女だからですか？　弱いからですか？　そんなの、ちっとも嬉しくありません」

竜騎士見習いになりたいと言い出したのは自分だ。

役立たずと言われてもなんとも思わなかった過去の自分と決別して、成長したいのだ。甘やかされてばかりでは、変わることなんてできやしない。

「あのさ、俺ってそんなに狭量な男に見える？　だとしたらショックだよ」

ハーヴェイは額を押さえながら盛大なため息をついてみせた。

「さっき警備隊長にも言ったけどね、見習いに責任なんて求めないよ。ちょっと前までお姫様だった子に少し訓練を受けさせただけでいきなり騎士らしくふるまえなんて、無理に決まってるでしょ。最初からなんでもできちゃうのは俺くらいなもんだよ」

リオノーラが目を丸くして見上げると、ハーヴェイは少し表情を引きつらせた。

「いまの、『自信過剰です』って突っ込むところだったんだけど」

「すみません。団長って本当になんでもできそうなので」

「そりゃどうも。ともかくね、こっちはあんたが騎士としていろいろ足りてないことは最初っからわかってて、それでも一人前に引き上げるつもりでいるんだよ。過保護なのもいまのうち。俺が優しい団長さんでいるうちに、たくさん失敗してたくさん吸収してくれ。人は失敗からより多くのものを学べるはずだから」

「……はい」

唇を嚙みしめてうなずく。頭が揺れた拍子に涙がこぼれ落ちそうだった。

（この人は全部わかっていて、わたしを受け入れてくれてたんだ）

リオノーラを素人と見下して期待せず、あれもこれもやって甘やかすのとは違う。あらゆる失敗や失策をすべて受け入れ、気長に成長を見守るつもりでいてくれたのだ。

いまさらながらアクセルと契約をしてよかったと思った。この人とともにいられたら自分はきっと強くなれる。同時に、いつかこの人を喜ばせられるようになりたいと思った。

「ただし、できるだけ同じ失敗は二度やらないように。あいつの拳をこう何度も食らってたら、顔が変形しちゃうからね」

「ええ。男前が台無しになっちゃいますものね」

リオノーラは目元を手の甲で拭ってから、小さくはにかんだ。

するとなぜかハーヴェイが驚いたように目を丸くしてこちらを見つめた。

何かおかしかっただろうか。首を傾げかけて、まだ彼の頰に触れたままだったことに気がついた。慌てて手を引っ込める。

「す、すみません！　あの、具合はもう大丈夫なんですか？」

気まずさに目を泳がせながら、必死に話題を逸らした。彼の顔をまともに見られない。

「見てのとおり、ぶん殴られてひどいことになってるよ」

「そうではなくて、その、空であったことの方です。いつもみたいに古傷が痛むのとは違いましたよね？　急に気を失うなんて尋常ではないと思うんですけど」

「それなんだけどさ。みんなには内緒にしといてくれる？」

ふと両肩をしっかりと摑まれて、どきりと心臓が跳ね上がる。

「構いませんが……大丈夫なのですか？　お怪我やご病気でしたら」

「どっちでもないから安心して。実はまだちょっとアクセルと合わなくてね」

ハーヴェイは苦笑して、また口の端が痛んだのか顔をしかめて頰を押さえた。

「ちょっと専門的な話になるけど、竜騎士は飛行中、竜と意識や感覚の一部を共有できるんだ。けど、さっきは契約したばかりでまだお互いに意思の疎通ができてない上に、初飛行だったもんだからうまくいかなくて、あのざまってわけ」

「そういうことだったんですか」

一時的なものだとわかってほっと胸を撫で下ろす。リオノーラが知らないところで新しい怪我を作っていたわけではなくて本当によかった。

「おかげで賊は逃がしちまうし、最悪だよ」

「あの賊は何が目的だったのでしょうか。一人はここの衛兵だったんですよね？」

ハーヴェイが詰め所を出る前に警備隊長へ告げた言葉を思い出しながら訊ねる。

「けど残りの二人は不明のままだ。たぶんもう見つからないだろうなあ」

「逃げた竜騎士も、ここの関係者なのでしょうか」

「どうだろうね。少なくとも竜に見覚えはなかったから、うちに所属してるってことはないと思うけど。気になる？」

　リオノーラはうなずいてみせた。

「ええ。最初はあんなにこそこそと目立たないように行動していたのに、竜に乗って逃げたのが気になります。夜とはいえ、竜に乗って逃げたら目立つのに」

　それとも、目立つリスクを負ってでも飛ばなければならない理由があったのだろうか。

「それだよ、ノーラ」

「え？　それ？」

　思わず聞き返すと、大きな手が伸びてきてリオノーラの頭をくしゃくしゃと撫で回した。

「わざと飛んだんだ。俺に追いかけさせて、飛べるかどうか確認するために」

「……どういう意味ですか？」

　ハーヴェイは嬉しそうに笑うと、問いには答えずにこちらの肩をばんばんと景気づけのように叩(たた)いた。

　からりと晴れた青空の下、練兵場にはごしごしとブラシで擦(す)る音が響(ひび)く。
　普段(ふだん)は竜騎士たちが鍛錬(たんれん)に励(はげ)むその場所では、現在彼らの竜たちがブラシで鱗(うろこ)を磨(みが)かれたり、桶の水を浴びたり、ヘラで隙間に詰まった砂などを掻き出したりされて気持ちよさそうにしている。ときおり尾がびたんと地面を打って泥水を跳ねさせ、そのたびに周囲の竜騎士から悲鳴があがる。

「ジェレミア、おまえんとこの竜なんとかしろ！　泥はねすぎ！」

「すまん、我慢してくれ！　こいつは僕の言うことなど聞かないんだ！」

「竜にまで人望ないのかよー」

「誰の人望がないだと!?」

「ジェレミア殿下でございますー」

「言ったな!?」

　ジェレミアがブラシを持ったまま周りの竜騎士たちを追いかけていく。竜がきれいに洗われている一方で、竜騎士たちはどんどん泥にまみれていく。

（洗っているのか汚しているのかわからないわね）

　リオノーラは泡まみれのブラシでアクセルの鱗をこすりながら、あきれとうらやましさがないまぜとなった視線を向け、くすりと笑う。

　アクセルがおもむろに前肢を持ち上げる。足の裏も磨いてほしいという意味だと察して、リオノーラはブラシをヘラに持ち替えて前側に回り、爪の隙間に入り込んだ泥を尖った先端で丁寧に掻き出していく。

週に一度くらいの頻度で、竜騎士は契約竜を洗っている。神の遣いである竜へ日頃の感謝を捧げるとともに、スキンシップによって竜との信頼関係を築くのだという。

（なのに、団長ったらまたサボって……）

リオノーラは表向きにはアクセルと契約関係にないが、ハーヴェイが時間になっても現れなかったため、しかたなく代わりにブラシを手に取った。竜騎士団長付きの見習いという扱いなので、リオノーラがアクセルを洗っていることに疑問を持つ者はいない。

同僚を追い回して戻ってきたジェレミアが、ふと隣の竜に目を留める。エリアスが契約竜を洗う手を止めて、右上腕部を押さえて顔をしかめている。

「どうした？」

「……いや、昨日の賊にやられたところが、ちょっと」

「無理をしないで少し休んでいろ。ほら、貸せ」

「すまない」

ジェレミアがブラシを受け取り、エリアスの竜を磨きはじめる。二人の友情にほっこりしていると、近くから先輩たちの会話が聞こえてきた。

「そういや知ってるか？　〝虹架の騎士〟だが、やっぱり団長が引き受けたらしい」

「まあ、実力や実績からしたらあの人以外いないだろ」

「虹架の騎士ってなんですか？」

思わず振り向いて訊ねると、小隊長のディックが石鹸を泡立てながら説明してくれた。

「ノーラちゃんは知らなかったか。王族の婚礼の儀では、新郎新婦はエルタト山の頂にある神殿で一夜を過ごすならわしになってるんだ」

近々婚礼を行う予定のある王族といえば、シャーロットとライオネルに決まっている。

「エルタト山……って、西にあるやたらと細長い山ですよね？」

リオノーラは西の方角に目を向けた。今日はよく晴れているので、王都の街並みのさらに向こうに、煙突のようなかたちをした大きな山の稜線が見える。

「そう。山頂に続く道はないから、神殿へは竜の背に乗らないと辿りつけないんだ。そこで、新郎新婦を送り届ける大役を担うのが虹架の騎士に選ばれた竜騎士ってわけ」

「その役を、団長が？」

「そっ。いいよなあ。竜騎士にとって指折りの栄誉だぞ」

「だからこそ団長がふさわしいんだろ。まあ国外からの客は竜殺しだ禁忌だって嫌な顔するかもしれねえが、構うこたぁねえ。勇姿を見せてつけてやってほしいね」

「俺はてっきり、ジェレミアになるかと思っていたんだがね」

にわかに盛り上がる中、竜騎士の一人が横目でジェレミアの方を見る。

亜麻色の髪の王子は泥の跳ねた顔をしかめて、黙々と竜の鱗にブラシを滑らせている。

「僕に虹架の騎士をさせたがっているのは神官長や大臣、議員たちであって兄上とは関係のないやつらだ。兄上は身内だからといってそんな贔屓をなさるような御方ではない」

不機嫌を隠そうともしない物言いに、竜騎士たちが困ったように苦笑する。

「だれもライオネル殿下を非難しちゃいないだろうが」

隣からエリアスが苦笑してなだめるが、見向きもしない。

「ならいいのだが。仮に兄上から言われても、断っていたところだ。とてもではないが、僕にはそんな大役を受けられるような資格がない」

ジェレミアの声音からは強い自責の念が感じられる。昨夜の失態を引きずっているのは彼も同じだったようだ。

(団長がシャーリーとライオネル殿下の結婚式に、二人を乗せて飛ぶ……)

脳裏に、突然空で気を失ったハーヴェイの姿が思い浮かんだ。あの墜落は、アクセルと契約したばかりで意思の疎通ができていなかったのが失神した原因だという。

(だとしたらなおさら、もっとアクセルとスキンシップを取った方がいいわ！)

シャーロットとライオネルを乗せた状態で昨夜のように気を失われては大変だ。もちろんアクセルはシャーロットたちを落とすまいと安定した飛行をしてくれるだろうが、ハーヴェイが落下した場合、二人を乗せたまま追いかけるのは難しいだろう。

リオノーラはアクセルの顔を見上げた。

強面の竜は気持ちよさそうに目を細めて、顎を持ち上げている。顎の下をもっと磨いてほしいという催促だろう。促されるままにブラシを滑らせるが、頭の中がもやもやして落ち着かない。

「ごめん、アクセル。やっぱり団長を呼んでくるわ！」

少しでもハーヴェイとアクセルの関係をよくするためにも、騎乗する権利を与えられた本人が手ずから磨いた方がいい。

リオノーラはブラシを石鹸水の入った桶に放り込むと、竜に背を向けて駆け出した。

竜騎士団長の執務室に向かうと、リオノーラは扉の前で足を止めてノックをした。

返事はない。なんとなくドアノブに手をかけてみるとたいした抵抗なく回った。鍵は開いているようだ。

(居眠りでもしているのかしら)

サボり魔の印象があるせいで失礼にも疑ってしまう。

「失礼しまーす……」

扉をくぐってみると、中は無人だった。樫材の執務机にも長椅子にも人の姿はない。

机の上はお世辞にも片付いているとは言えないありさまで書類が散乱しており、床にまで落ちている。もしかしたら山積みになっていたものが雪崩を起こしたのかもしれない。

リオノーラは落ちていた書類を拾っていった。執務机の上には戻せないので、ひとまず長椅子の前にあるテーブルに並べる。ほとんどが決済待ちの書類だ。

「これは竜舎の屋根の修繕に関する書類で、こっちは鍛錬用武具の発注書？　もう、どれだけ溜め込んでるのよ……」

一枚一枚拾い上げていると、ふと書類の裏から封筒が出てきた。封蠟は既に破られており、中の便箋ににじむ赤色の何かが顔を出している。

「って、さすがに手紙を見るわけにはいかないわよね」

リオノーラは苦笑して執務机の裏に回り、身を屈めて床の書類をかき集めた。するとまた似たような封筒が出てきた。中の便箋が透けてうっすらと赤色が見える。

「なんの色かしら。インク？　口紅だったりして……」

女官や侍女たちに囲まれていたときのことを思い出したら、途端にもやもやしてきた。なぜだかわからないが、妙に腹が立つ。

「ちょっとくらいなら……」

そのとき突然扉が開いて人が入ってきた。

「ただの嫌がらせだろう？　いちいち真に受けてたらきりがないって」

「今回ばかりは嫌がらせですむ範疇を超えています」

ハーヴェイとカルロだ。声でわかった。姿を確認していないのは、条件反射で執務机の裏に隠れてしまったからだ。

（どうして隠れちゃったの、わたし⁉）

　ハーヴェイをアクセルの丸洗いに誘いに来ただけで、ついでに書類の整理をしていただけなのに、これで出ていきにくくなってしまった。

「命を狙われているという自覚はおありですか⁉」

　物騒な発言にぎょっとする。命を狙われている？　誰が？

「いたずらの可能性もあるだろ」

「ですが、実際に脅迫状は何通も届いています。おまけに先日のあれはあきらかにあなたを狙ったものでしょう。部屋を派手に荒らされた上に、あやうくノーラが大怪我か、命を落とすところでした。あなたの過保護のおかげで事なきを得ましたが」

　突然自分の名前が飛び出してきたせいで、なんの話をしているのかすぐにわかった。先日の巡回任務で覆面の賊に襲われた件だ。

（あれって、団長を狙っていたの⁉　それに脅迫状って）

　さらには部屋を荒らされたとなれば、ただごとではない。はじめて聞く情報の連続に思わず前のめりになって耳をそばだてる。

「ノーラちゃんには悪いことをしちゃったよなあ」

「賊の一人が王宮騎士で警備体制を把握していたことを鑑みれば、新入りが任務に加わったときを敢えて狙ってきたのでしょう。なんにせよ、ただ脅迫を受けていただけの時期よりも事態はあきらかに悪化しています。無様な飛行を見られたとなっては〝空の呪い〟の件も察せられたとしてもおかしくありません」

カルロの言葉に首を傾げる。空の呪いとはなんだろう。

聞き慣れない単語に疑問符を浮かべていたせいで気づかなかった。はっと我に返ったときには、人一人分の気配が接近している。

「無様って、また辛辣だなあ。ま、俺の暗殺に失敗して、〝空の呪い〟を受けているかどうかの確認に変更したのは確かだろうけど――」

そこで発言とともに足音が途切れた。

頭上から視線をひしひしと感じる。嫌な予感しかない。

振り向きたくなかったが、一縷の望みをかけておそるおそる見上げると、半眼になった藍色の双眸に見下ろされていた。

「リオノーラ王女殿下、こんなところで何をしておいでで？」

「あああのっ、団長を呼びに来たんです！　アクセルともっとスキンシップを取ってもらいたくて、そしたら書類が散らかっていて！　決して盗み聞きをするつもりは……」

「だろうね、どう見ても盗み聞きじゃなくて盗み読みをしようとしてたよね」

ハーヴェイの視線はリオノーラの手元に向けられている。そういえばさきほど封筒を手に取ったままだ。完全に状況証拠がそろっている。

「これは……違うんです！　まだ見てませんから！」

「まだっていうことは、これから見る予定だったんだね？」

言い訳するどころか墓穴を掘った。

リオノーラがうな垂れると、ハーヴェイはしょうがないとばかりに嘆息した。

「まあ、ノーラちゃんも完全に他人事ってわけでもないからな。知る権利はある」

「……よろしいのですか？」

「いまさら隠されたって寝覚めが悪いだけでしょ。もちろん口外無用で頼むけど」

竜騎士団長じきじきのお墨付きをもらってほっと胸を撫で下ろしていると、手から封筒が取り上げられた。

「これ、なんだと思った？」

「わかりません……」

「見てみる？　ものすごく熱烈なラブレターだから」

「らぶ……!?」

リオノーラが絶句しているうちに、ハーヴェイは目の前で封筒から便箋を取り出して広げてみせた。第三者の自分が見ては差出人に悪い、と思って顔を逸らしつつもちらりと横目に覗き見して、ぎょっとする。

『竜殺しは英雄にあらず罪人なり。不相応な地位に居座る罪人にはやがて天の裁きが下るだろう』

文面も物騒だが、それ以上におそろしいのは血文字で書かれていることだ。さきほど見えた赤色は血の色だったようだ。

ハーヴェイは苦笑しながら便箋をまた折り畳んで封筒に押し込んだ。

「さすがに熱烈すぎて、俺でも引いたよ」

「な、にを笑ってらっしゃるんですか！　それにこの血って……」

「ああ、たぶん鶏の血だよ。飛べない鳥って竜騎士に対する一番の侮蔑だから」

ハーヴェイが脅迫を意に介していないのはよかったが、腑に落ちない点もある。

「どうして団長が脅迫されなければならないんですか？　ヴァンレイン国外では批判されているそうですけど、国内では英雄ですよね？」

「英雄とまで言われると照れるけど……ま、国内も一枚岩じゃないっていうことだよ。俺を団長の座から降ろして、もっとふさわしい人間を就任させたいっていう派閥もあるんだ。天竜教会とか、王妃様のご実家であるアルフォード家とかね」

「ふさわしい人って？」

「一番人気はジェレミアだね。兄の力になるために竜騎士になった王子様なんて、重臣たちにとっては可愛くてしかたないんだろう。次が第二竜騎隊長のクレイグ・キャメロン。

なんといっても家柄がいいし、実力も人望も申し分ない。他にも候補が何人か」

なんと答えたらいいのかわからなかった。

ジェレミアはまだ竜騎士団長になるには早い気がするが、第二竜騎隊長はハーヴェイの言を信じれば申し分のない人物のように聞こえる。

（望まれて団長になられた方なのに、どうしてこんなふうに言われなきゃならないの）

不満が顔に出ていたのか、ぽんと頭に手を置かれた。

「大丈夫だって。俺はまだ団長を辞めるつもりはないから。俺が団長でいることの利点をまだじゅうぶんに使い切れてないからね」

どういう意味かはよくわからないが、彼なりに竜騎士団長としてやりたいことがあるのならば、そう簡単には辞任しないだろうとわかってほっとする。

「ですが、この間の賊は団長を狙っていたんですよね？　大丈夫なんですか？」

「平気平気。あの程度のやつらなら何人来ようとどうってことないよ」

「どうってことないって……墜ちたのにですか？」

ハーヴェイの笑顔が一瞬固まったのを、リオノーラは見逃さなかった。

「空の呪いってなんですか？　何か関係があるんですか？」

「俺が竜を殺したことは、知っているよな？」

黙ってうなずいた。

「竜を殺した者は天に嫌われ、呪われる。空に近づけば近づくほど魂を削られて、刃で切り裂かれるような激痛に襲われる——そんな言い伝えがあるんだ。迷信だと思われていたんだが、実際に体験してみてわかったよ……事実だって」

　口ぶりこそ軽いが、表情には噂の激痛を体感した者ならではの重みがうかがえる。

「賊は俺が空で呪いの影響を受けるかどうか確認するために、わざと空に逃げて俺たちに追わせたんだろう。空の呪いなんて迷信を真剣に信じているということは、天竜教会の関係者か熱心な信徒である可能性が高い。特に逃げた竜騎士はうちの者じゃなかったから、天竜教会の聖竜騎士団かもな。あんまり敵に回したくない相手なんだけど」

「……このこと、他のみんなは知っているんですか？」

　ハーヴェイは首を横に振った。

「いいや。ここにいる者だけだよ。だからこのことは誰にも言わないでくれ」

「それは構いませんが……これからどうなさるおつもりですか？　呪いを受けていたらもう空を飛べないですよね？」

　さきほど竜騎士団長を辞めるつもりはないと聞いたばかりだが、空の呪いによる苦痛で気を失ってしまうようでは、とても職務をまっとうできるとは思えない。

「いや、飛ぶよ？」

「無茶ですよ！　あんなに苦しんで、気を失って墜落までしたんですよ!?　あんな状態で飛び続けたら、命にかかわります！」

「なんとかする」

「なんとかって……！」

しかし言いかけた言葉が喉元で詰まった。ハーヴェイが苦渋をにじませた真摯な面持ちでこちらを見つめていたからだ。

「痛みをどうにかするすべを身につける。それが無理でもまあ、飛んでいるうちに慣れてくるさ。だから内緒にしといてくれ。頼む」

頭まで下げられてしまっては、何も言えない。

とっさにカルロの方を見る。残念ながら視線は逸らされていたので合わなかったが、その表情には諦めがうかがえる。この男には何を言っても無駄だ、と。

リオノーラははいともいいえとも言えず、ただ息を呑んで黒髪のつむじを見つめることしかできなかった。

その夜、誰かに呼ばれたような気がして目を覚ました。
リオノーラの部屋は使用人の頃から変わっていない。竜騎士用の部屋が相部屋しか空い

ておらず、また一人だけ女の子なのでもしものことがあってはいけない、という理由でそのままになっている。

眠たい目をこすり、半地下の部屋にある明かり取りの窓の鎧戸を開けてみれば、とたんに弱い夜風とともに大きな生物が翼を羽ばたかせる音が届いた。

（まさか……）

眠気が吹き飛んだ。リオノーラは急いでガウンを羽織って、外へ繰り出した。

月のない夜空を一つの騎影が飛んでいる。遠目にはわからないが、なぜだか確信した。

あれは、ハーヴェイとアクセルだ。

彼らとともに空を飛んだときの顛末を思い出し、背筋が寒くなる。

「命綱はつけさせましたから、墜落の心配はありません」

心を読んだかのような指摘に振り向けば、すぐ後ろにカルロの姿があった。彼もまた寝間着にガウンを引っかけた姿で、まっすぐに夜空の騎影を見上げている。

「もっとも、本番では命綱なんてつけられませんがね」

本番というのは王太子夫妻の婚礼、あるいは戦場に出征したときだろう。

「辞退できないんですか？」

「あれでもライオネル様のことは大切に思っているはずですから、無理だと判断したら辞退するでしょう。ですが、婚礼の前日までは粘ると思いますよ。諦めが悪いだけでなく、言っても聞かない人ですから。あのときだって……」

　カルロの眼差しに一瞬、苦渋がにじむ。過去に何かあったのだろう。

　つきあいの長い彼が言っても通じないのならば、出会って一ヵ月と少しのリオノーラが言ったところで無駄だろう。

　それが妙に悔しくて、胸の奥がぎゅっと痛くなる。

「空の呪いを解くとか、せめて苦痛をやわらげる方法はないのでしょうか」

「難しい質問ですね。空の呪いを受けた者はみな竜騎士を引退するか、痛みで判断を誤って戦死しているそうですから」

「……そうですか」

　ハーヴェイが空で死ぬところなど見たくない。だがなんとなくだが、彼は地上で死ぬよりは空で死ぬことを望みそうな気がした。

「ですが、それはみな一対一の竜騎士契約を結んだ者たちです。あなたたちは違う」

　カルロはようやく視線を合わせた。淡い色をした双眸は一見すると冷ややかに思われがちだが、いまはとても優しく感じられる。

「ここからは私の推論ですが」

　と前置きしてから続ける。

「竜は賢い生き物です。アクセルがあなたや団長と一対一ではなく、一対二で契約したからには何か意味があるはずです。竜と竜騎士の間で感覚の共有現象が起きるように、もしかしたら痛みなどの感覚も共有することができるのかもしれない。そうすれば、空で受ける苦痛も半分に減らせるかもしれない」

「それは、どうすればいいのでしょうか？」

「推論だと言ったでしょう。私にもわかりませんよ。ただ、竜と竜騎士は絆が深まれば深まるほど、感覚の共有が起きやすいと聞いたことがあります。同じように、あなたと団長の絆が深まれば、あるいは」

その先は言わず、また視線を上空へ向ける。

竜の騎影がバランスを崩し、ゆっくりと降下をはじめたところだった。ハーヴェイが苦痛に耐えきれずに気を失ったのかもしれない。

「……あの馬鹿、また無茶をして」

カルロは竜の落下視点に向かって駆け出した。

彼の後ろ姿を見送りながら、リオノーラは考える。

ハーヴェイとはそれなりに仲がいいつもりでいた。竜騎士団長と見習いという立場になってからは、雑用係だった頃のようにふざけたり突っ込んだりする機会はだいぶ減ったが、良好な関係は築けていると思っている。

だがいまの段階ではまだ足りないというのならば、どうすればいいのだろう。

リオノーラは悩んでいた。

（絆を深められれば、団長の苦痛をやわらげることができるかもしれない）

（でも、どうすれば絆を深められるの？）

一番肝心な解決案が思い浮かばず、両の手のひらでむにっと両頬を押し潰す。

「――さん、ノーラさん！」

はっと我に返ると、白いクロスを掛けた円卓の向こう側にシャーロットの姿がある。

彼女のかたわらにはすまし顔の侍女たちが待ち構えており、周囲には庭園のほとりにある四阿の柱や植樹の青々とした葉が生い茂っているのが見えた。

今日は休日で、中庭にある四阿でシャーロットと友人としてお茶を楽しんでいる最中だったことを思い出した。

「いったいどうなさいましたの？　心ここにあらずといったご様子ですわ」

シャーロットの美貌が曇る。世界で一番大切なはずの妹にこんな顔をさせてしまうとは情けない。リオノーラはすぐに詫びた。

「申し訳ありません。最近ちょっと悩んでいることがありまして……」

「まあ、わたくしでよろしければ、いくらでもうかがいますわ！」

ハーヴェイによって引き合わされて以来、シャーロットとは定期的にお茶会と称して会っているのだが、常に侍女による見張りがついていた。

おかげでこれまでのように姉妹としてではなく、あくまで「王太子妃と一竜騎士見習い」としてしか話せないので、会話もまどろっこしくなってしまう。

「とても個人的なことなので、ここではちょっと……」

侍女たちの監視のもとでは言えないと口を濁すと、シャーロットは扇を持ち上げた。

「人払いを」

侍女長が手で指示を出すと、他の侍女たちが一礼して四阿から離れていく。だがそれだけでは足りない。リオノーラの意思を察してシャーロットが侍女長を一瞥する。

「あなたも、席を外していただけませんこと？　五分だけで結構ですわ。お願い、彼女は大切な友人ですの」

「……かしこまりました」

侍女長が渋々といった様子で一礼し、離れていく。じゅうぶんに距離ができてから、シャーロットが扇を口元に当て、小声で訊ねてきた。

「いったい何がありましたの？　もしかして、竜騎士の鍛錬でいびられて……」

「まさか！　みんなとってもいい人よ。そうではなくて」

空の呪いのことは誰にも言わないよう口止めされている。だが、シャーロットはリオノーラとハーヴェイがアクセルと契約した現場に居合わせている。既に秘密を共有している同士なら、そこに一つくらい追加しても変わりはない気がした。

「誰にも言わないでくれる？　ライオネル殿下にもよ？」

「もちろんですわ。ですから安心して、なんでもおっしゃってくださいませ」

「わかったわ。あのね、わたし……団長と仲良くなりたいの」

シャーロットが笑顔のまま固まった。

リオノーラはハーヴェイの受けた空の呪いやカルロの推論について手早く説明する。

「団長とはもとから結構仲がいいつもりでいたんだけど、いまのままだと絆の深さが足りなくて痛みをわけ合うまでにはいたらないみたいなの。手っ取り早く仲良くなる方法はないかなと思って……どうしたのシャーリー？」

「……お姉様の警戒心のなさにあきれていたところですわ」

シャーロットは沈痛な面持ちで額に扇を当てていた。何かおかしなことを言っただろうか。自分ではわからない。

「あくまで推論なのでしょう？　絆が深まれば痛みが軽減されるという保証はありませんわ。呪い云々はボルドウィン伯爵個人の問題です。お姉様は魔力供給係としてよく頑張ってらっしゃいます。そこから先は、伯爵がご自分で解決なさるべきかと」

「でもっ！　団長、すごく苦しんでるのよ。いつもへらへら笑ってるけど、無理してるのがわかるのよ……団長のあんなつらそうなところ、もう見たくない。わたしにできることがあるなら、なんでもしたいの」

「お姉様は甘いですわ！」

ぴしゃりと扇で卓を叩かれ、リオノーラはびくりと震わせる。

「あ、甘い？」

「ええ。ちょっと弱っているところを見せて女の母性本能をくすぐり、気を引こうとしている作戦なのだとしたら、思うつぼではありませんか！」

「団長はそんなことをする人ではないわよ」

そもそも自分なんかの母性本能をくすぐってどうなるというのだ。

「お姉様はご自分の魅力をわかってらっしゃらないのですわ。だから心配なのです！」

ずいっと円卓越しに身を乗り出してくる妹に気圧されて、リオノーラは及び腰になる。

「男はみなけだものです。おまけに相手はあのチャラチャラしたボルドウィン伯爵！　警戒しすぎてもまだ足りないくらいだというのに、お姉様ときたら！」

「団長は信頼できる人よ？」

「竜騎士としてはそうかもしれませんが、男としては別です！　お姉様は伯爵の噂をお聞きになったことがありませんの？　毎晩のように城下へ繰り出しては、女をとっかえひっかえして寝床をともにしていると侍女から聞いておりますわ！」

「毎晩のように寝床を……」

それは、一緒に眠っているということだろうか。愛用の枕のように。

リオノーラは思い出した。かつて、ハーヴェイは古傷の痛みがやわらぐからと言ってやたらとひっついてきていた。そのたびに、自分は抱き枕ではないと抗議していた。

（毎晩のように城下へ繰り出すっていうことは、それだけ仲のいい抱き枕……もとい、人がいるっていうことよね）

それはつまり、どういうことか。

シャーロットのおかげで、わずかな光明が見えた気がした。

「ありがとう、シャーリー！　どうしたらいいかわかった気がするわ！」

「お姉様、お待ちくださいませ。いまの流れでおわかりになったとはとても思えません。絶対に何か勘違いをなさっていますわ！」

シャーロットはまだ何か言いたげだったが、五分だけ待ってくれた侍女長たちが戻ってくるのが見えて悔しそうに口をつぐんだ。

リオノーラは裾の長い寝間着の袖に鼻を寄せてくんくんと匂いを嗅いだ。

洗いたての生地からはポプリの甘い香りがする。今日は女子が先に浴場を使う日だったので、きれいに磨いた肌はまるで新品のようだ。

生乾きの赤い髪を邪魔にならないよう丁寧に編めば、準備は万端だった。

よし、と気合いを入れて部屋を出ると、階段を上っていく。目的の部屋は三階にある。

三階は小隊長以上の竜騎士が暮らしているので一人部屋ばかりだ。

その一角にある扉の前で足を止め、すうと深呼吸をしてからノックをする。

返事はない。

まさか、シャーロットの言っていたとおり城下へ繰り出してしまったのだろうか。

慌ててドアノブに手をかけてみると、鍵がかかっていなかった。

「団長、失礼します……？」

おそるおそる扉を開けて、うかがいながら中へ入る。

それなりに広さはあるが、家具や調度品の少ないさっぱりした部屋だった。一目であるじは不在だとわかった。後ろ手に扉を閉めつつ、とりあえず長椅子に近寄り、卓の上に置かれた水差しとグラス、小さな包み紙に目を落とす。薬を飲んだ後のようだ。

（あんなに薬を嫌がってらしたのに）

つまり、嫌いでも我慢して飲みたくなるくらい、痛みが切羽詰まっているのだろう。

そしておそらく、薬では空の呪いによる苦しみは抑えられない。

「誰だ！　――って、ノーラ!?」

声に驚いて振り向くと、開いた扉の前にハーヴェイが立っていた。

腰に剣こそ下げているが寝間着姿で、肌がわずかに火照り、濡れそぼった髪が張りついている。風呂に入っていただけだとわかってリオノーラはほっとしたが、ハーヴェイの方はなぜかぎょっとした顔をしている。

「……なんでここにそんな格好でいるんだ？」

「あっ、勝手に入ってすみません！　鍵が開いていたから、いらっしゃるのかと思って」

「質問の答えになってないんだが」

がしがしと濡れ髪を乱暴にかき回してから、ハーヴェイが渋そうな顔を向けてくる。

「まあ、何か話があってきたんだな？　いいよ、聞いてやる。ああ、そこ座ってて」

言われるままに長椅子に腰を下ろす。

後ろ手に扉を閉めながら入ってきたハーヴェイは、真っ先に棚に向かった。琥珀色の酒の入った瓶を手に取って振り返る。

「何か飲む？」

「いえ、お気遣いなく」

なんだか緊張してきてしまい、膝の上でぎゅっと両手を握り込む。

ちらりとハーヴェイの方をうかがうと、くつろげたシャツの胸元に片翼の刻印がのぞいていた。リオノーラの胸にもある証だ。これがあるために彼が苦しんでいるのかと思うと胸の奥がきゅっと痛む。

「で、話って何？」

「お願いがあってきました――わたしを団長の抱き枕にしてください！」

酒瓶がハーヴェイの手をすり抜けて、がしゃんと派手な音を立てて割れた。

「大丈夫ですか!?」

「……それは俺のセリフなんだけど」

「破片はこっちまで飛んできてないので大丈夫です！　怪我はないですか!?　いま拭くものを借りてきますね」

「いや、それはいい、それはいいから！」

慌てて部屋を飛び出していこうとすると、ハーヴェイの手に行く手を阻まれた。

「安酒だし、絨毯も安物だから問題ないよ。それよりもあんたの方が大問題。俺の何にしてほしいって？」

「抱き枕です」

「……うんわかった。言葉は理解した、言葉は。できれば聞き間違いであってほしかったけどしかたがない。切り替えていこう」

ハーヴェイはにこやかだが、その笑顔も仮面を貼りつけたかのように硬い。なぜだか妙に不安になる。しかし後に引くつもりはない。

「わ、わたしは痩せっぽちですし、抱き心地はあんまりよくないかもしれません。でも、団長に気持ちよく抱きしめてもらえるようにきれいにしてきました。ポプリの匂いとかも、お嫌いでないといいのですが……」

「いや、あのね？」

「団長は、わたしと触れること自体はお嫌ではないですよね？　よくひっついてきてましたし。あのときは嫌がったりしてすみませんでした。本当はそんなに嫌ではなくて、団長にくっつかれるとどうしていいのかわかんなくて、とにかく困っちゃってたんです。いま思うと、団長の好きにしてもらえばよかったですね」

「そ、そのへんにしとこうか？」

「だめです！　わたしは、今夜は団長と一緒に寝るつもりできたんです！」

ぐびり、と喉が鳴る音が聞こえてきた。構わずに続ける。

「もう抵抗しませんから……わたしも、団長の抱き枕の一人にしてください！」

再度、頭を勢いよく下げる。

「……抱き枕の、一人？」

渇いたつぶやきに顔を上げると、ハーヴェイは完全に冷静さを取り戻した顔でこちらを見下ろしていた。目が笑っていない。

「それはどういう意味かな？」

「え？　団長って、城下に抱き枕友だちがたくさんいらっしゃるんですよね？」

「……その話、詳しく聞かせてくれる？」

両肩をがっしりと掴まれてしまえば、拒否することなどできるわけもなく、リオノーラは最初から順番に説明した。契約者同士の絆が深まれば空の呪いによる苦痛がやわらぐかもしれないという仮説、それから、シャーロットから聞いたハーヴェイの交遊関係についても、包み隠さずに白状する。

ハーヴェイの頬がぴくぴくと引きつった。

「どこのどいつだ、人の噂に尾びれ背びれ胸びれくっつけて吹聴しているアホは……その話はでたらめだから信じるな」

「そうなんですか？　では、城下にいらっしゃる抱き枕友だちの方々は」

「いらっしゃらない！　ただの飲み仲間だよ。ったく」

リオノーラはしゅんと肩を落とした。ハーヴェイの力になりたかったのに、逆に疲れさせただけで終わってしまった。

ぽん、と頭にいたわるように優しく手を載せられる。

「俺の痛みをやわらげようと、あんたなりに一生懸命考えてくれたんだよな。その気持ちは素直に嬉しいよ。ありがとう」

「団長……」

「でも俺は、これ以上あんたと仲良くなるつもりはないんだ。悪いね」

続く言葉で突き放される。

一瞬頭が真っ白になってしまい、何を言われたのかわからなかった。遅れて理解が追いついてからは胸の奥が苦しくて、息が詰まりそうになった。

「……わたしでは、団長のお友だちにはなれませんか」

「無理だ」

突き放すどころか、奈落の底に突き落とされた気さえした。

「もう部屋に帰りな。呪いのことは自分でなんとかするから、あんたは竜騎士見習いとしての生活に慣れることを優先していればいい。わかったな？」

はい、と消え入りそうな声で答えて、リオノーラは部屋を出ていった。


ハーヴェイは扉を閉めると、そこに背中を押しつけてため息をついた。

「……あのお姫様の警戒心、どうなってるんだよ……」

風呂上がりに寝間着姿で男の部屋へやってくるなど、正気の沙汰ではない。そういう覚悟をした上で来たと勘違いされても文句は言えないだろう。

彼女は自覚していないのだ。

水分を吸っていつもより濃さを増した夕焼け色の髪は艶めいてとても美しいことを、火照った肌からほのかに漂ってくるポプリの香りが感情を刺激してくることを。

妹が絶世の美少女であるせいで気づいていないようだが、リオノーラもまた男の気を否応なしに惹けるほど容姿に恵まれているのだ。

おまけに問題発言を連発されたとなれば、うっかり手を出してしまったとしても情状酌量の余地くらいはあっただろう。寸前で踏みとどまれたのは、ひとえに彼女の本当の身分を知っていたからに他ならない。

空の呪いについて、彼女は契約者同士の絆を深めれば痛みがやわらぐ、あるいは折半できるという仮説を語っていた。その可能性は考えられる。だが、試してみる気にはどうしてもなれなかった。

（もうじゅうぶんだろ。これ以上とか……手を出したらまずい）

据え膳は遠慮しないタイプのつもりでいるが、相手にもよる。

自分によくなついていて、危なっかしくてほっとけなくて可愛かろうとも、王女はだめだ。本人に祖国へ帰る気がなくとも、そうはいかない。

（いつかは、レイブラに帰す）

そのためにはアクセルを説得して一対一の契約を結び直す必要がある。

あの頑固者の竜を言いくるめるのは至難の業だろうが、いまの状態でも満足に飛べることを証明し、信頼を勝ち取れれば可能性はじゅうぶんにある。

（それとも、レックスを殺した俺を許せないか？　アクセル――）

湿った前髪をくしゃりと握り潰し、自嘲じみた視線を横へ逸らすと、濡れた絨毯の上に散らばる酒瓶の破片が目に入った。とたんに口の中が渋くなる。

「……片付けるのめんどくせえ」

ハーヴェイの部屋を出てから、リオノーラはどこをどう歩いたか覚えがなかった。

（団長は、わたしと仲良くなりたくない……）

同じ竜と契約したからといって、上司と部下でしかないのだから何もおかしくはない。適切な距離を保とうとするのは当然だろう。

なのにどうして、胸の奥にぽっかりと穴があいたようなむなしさと、そこを寒風が吹き抜けていくかのような苦しさを覚えるのだろう。

（どうしてわたし、ショックを受けているの？　空の呪いを解けないから？）

本当にそれだけが理由なのだろうか。わからない。

ぼうっと廊下を歩いていたら、誰かとぶつかりそうになった。

「ノーラ？　なぜこんなところにいる。そんな格好で」

はっと我に返ると、濡れ髪のエリアスが立っている。彼も風呂上がりなのだろう。寝間着に剣を帯びただけの格好だ。

気がつけば、二階の廊下を歩いていた。一階まで降りるはずが、無意識に廊下へ出てしまっていたようだった。

「すみません。ちょっと団長に相談したいことがあって――」

そこまで言いかけて気がついた。

エリアスは右腕の上部に包帯を巻いていた。視線を感じたのか、ああこれか、と小さくつぶやいて包帯の上からそっと撫でる。

「この間の賊にやられたんだ。もう治りかけだけどね」

「……それはよかったです」

かろうじて唇がそう動いたのは奇跡（きせき）だったかもしれない。

目が包帯から逸らせない。口の中がひどく渇き、心臓の鼓動（こどう）が緊張に速まっていく。

そっと握りしめた右手には、三人目の覆面に斬（き）りつけたときの感覚が残っている。あのとき逃げた男には、右上腕部にリオノーラのつけた傷があるはずだ。

同じ場所に、エリアスは怪我を負っている。

警備隊長からお叱りを受けたとき、彼は腕に怪我をしているようには見えなかった。

おそらく着替えたからだ。なぜ着替えた？

（二手にわかれた後、別の服装に着替えていたから？　別の服装をしていたときに怪我をして、そのあと元の制服に着替えた……）

ばらばらになっていた疑問の数々が、きれいに組み合わさった気がした。

やはりあの晩、敵は最初から三人いたのだ。二人は覆面をして王宮内をうろつき、一人はリオノーラの隣を竜騎士として歩いていた。

仲間を疑いたくはないが、そう考えればすべて辻褄が合うのだ。

リオノーラはちらりとエリアスの腰を一瞥した。彼は腰に剣を下げている。その剣の柄に、エリアスがそっと手を伸ばした。

気づかれた。

リオノーラが傷の正体に気づいたことを、気づかれてしまった。

自分は何も持ってきていない。寝間着一枚の格好で来たことをはじめて後悔する。

（助けを呼ぶ？　それとも逃げる？）

悲鳴をあげて助けを呼ぶか、あるいは身を翻して逃げるか。どちらにしても、エリアスが剣を抜いて斬りつける方が速いだろう。

「どうした？」

不意に届いた声が、張り詰めていた空気を解き放った。

　エリアスの背後から、見覚えのある亜麻色の髪がひょっこりとのぞいていた。

「ジェレミア先輩！」

「おどかすなよ」

　エリアスが嫌そうな顔をして振り返る。その手はさりげなく剣の柄から離れている。

「こんなところで何をやっている」

「いや、ノーラが団長の部屋に行っていたって言ったから」

「その格好でか!?」

「さすがにまずいだろう？」

　エリアスがひらりと手を振って去っていくのをジェレミアの肩越しに認めて、膝からくずれおちそうになった。

「当然だ！　そんな薄着(うすぎ)で団長の部屋に行くなど、兎(うさぎ)が調理道具とスパイスを抱(かか)えて獅子(しし)の檻(おり)に飛び込んでいくようなものだ！　おい、聞いているのか！」

　リオノーラはまったく聞いていなかった。

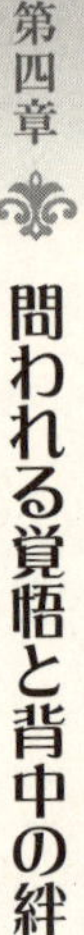

第四章　問われる覚悟と背中の絆

その夜、リオノーラは一睡もできなかった。

自室の隅で支給品の剣を鞘ごと抱きしめて朝が来るのをひたすら待ち、竜騎士たちがある程度起き出してくるのを待ってから食堂に駆け込んだ。

寝惚けた男たちでごった返す堂内をきょろきょろと見回し、目当ての黒髪頭を発見する。

ハーヴェイは長卓の端に陣取ると、あたたかい湯気を立てるカップをのんびりと口元へ運んでいた。食前の香草茶を楽しんでいるようだ。

「団長――」

近づいていこうとして、ふと足が止まった。

『……わたしでは、団長のお友だちにはなれませんか』

『無理だ』

昨夜の会話を思い出してはっとする。どんな顔で話しかければいいのかわからない。

もっと仲良くなりたいと申し出て、きっぱりと断られたのだ。思い出しただけで胸の奥が苦しくなってきてしまい、彼に近づくどころか足は勝手に後じさっていく。

と、背中が誰かにぶつかった。顔を向けると、褐色の肌をした美貌が見下ろしていた。

「何をしているんです。危ないでしょう」

「カルロさん！」

リオノーラはひらめいた。何も直接ハーヴェイに報告する必要はないのだ。

「あの、大事なお話があるのですが、お時間をいただけないでしょうか？」

それだけで彼は察してくれたらしく、身を翻して歩き出した。リオノーラはその後ろをついていく。薄暗い廊下を進み、宿舎の外に出てしばらく歩くと、井戸の前に辿りついた。食事時なので周囲に人影はない。

「ここなら大丈夫でしょう。何がありました？」

実は、とリオノーラは昨夜ハーヴェイの部屋を出た後のことを説明した。カルロの冷たい美貌がみるみるうちに険しくなっていく。

「……まず、夜中に団長の部屋に行くことの危険性については、本題から逸れるのでひとまずおいておきましょう」

心底あきれ返った声で前置きをしてから、続ける。

「話を聞くかぎりでは、それだけでエリアスを疑うのは少々難しいですね。彼からは、腕の怪我は敵にやられたと報告を受けていますので」

「では、偶然の一致なんでしょうか」

「たまたまあなたが敵に斬りつけたところと、彼が敵に斬りつけられたところが一致する確率は、利き手が同じならばそれほど低くはないでしょう。しかし制服が破れていないというのは引っかかりますね。それと家柄も」

「エリアスさんって、確か代々竜騎士の家系なんですよね？」

彼の竜は先祖代々受け継がれてきたものだと聞いている。

「ついでに言えば、熱心な天竜信徒の家系でもあります。特にお父上は、かねてからジエレミアを竜騎士団長にと推しているフォスター卿と旧知の仲です……が、あくまでそれだけです。証拠がない」

「……どうしたらいいのでしょうか」

「泳がせる――と言いたいところですが、難しいですね。あなたが気づいたことに気づかれたとなったら、もうぼろは出さないでしょう。何か思わず動きたくなるような餌を用意できればいいのですが」

「思わず動きたくなること……」

エリアスの狙いがハーヴェイを竜騎士団長職から引きずり下ろすことになるのだとしたら、ハーヴェイが隙を見せるのが一番手っ取り早い。しかしそれはあまりにも危険だ。

「ひとまず、エリアスの件は私から団長に話しておきます。あなたも気をつけて行動してください」

「もちろんです。あの、カルロさんに一つお願いが」

「なんです？」

「団長が飛行訓練をするとき、一緒に飛んで差し上げてください。団長は地上では強いですけど、空では……」

「そうですね。控えろと言っても聞かないでしょうし、面倒ですが今後は同行しましょう。ところで……団長と何かありましたか？」

えっ、と思わず声を漏らしてしまったら、肯定しているようなものだ。

「……ちょっと変なことを言ってしまって、気まずいだけです……でも、どうしてわかったのですか？」

「エリアスの件もそうですが、あなたなら何かあったらまず団長に相談すると思っていたので。まさかとは思いますが、手を出されたのではないでしょうね？」

カルロの淡い色の双眸がぎらりと冷たさを増す。

（手を出す？　団長さんは女の子を殴るような人ではないし）

そこまで考えてから、自分の甘さにはっとする。

いつまで女の子扱いを受けるつもりだ。仮の身分とはいえ竜騎士を目指すからには、張り手の一つや二つ、浴びせられるくらい厳しく指導してもらう方がいいのではないか。

「むしろ、手を出してもらえるよう頑張ります！」

「なるほど。まだ出されていないようで安心しましたが、その努力は無用ですので絶対にやめてください。心労で毛根を死滅させたくありません」

「――何を騒いでるんだ？」

不意に聞こえてきた声に、リオノーラは弾かれるように振り向いた。

宿舎の方から、ハーヴェイがのらりくらりといった足取りでこちらに近づいてきていた。手前で足を止めると、リオノーラとカルロを交互に見渡して顎を撫でる。

「ど、どうしてこちらに？」

「二人が連れ立って出ていくのが見えてさ。二人きりで密談なんて、怪しいぞ？」

上から顔を覗き込まれて、リオノーラはあたふたしながら視線を逸らす。やはりまだ少し気まずくて、どんな顔をしたらいいのかわからない。

「エリアスの傷の件で相談を受けていたんです」

カルロがざっと説明をすると、ハーヴェイはいちおうは納得した様子で腕組みした。

「ふうん。そういうことなら俺に直接言ってくれりゃいいのに。水くさいなあ。俺とノーラちゃんの仲じゃないか」

「どんな仲ですか……」

仲がいいと思っていたのは自分だけだったというのに、どの口で言うのだ。

「どうしたんだノーラ。突っ込みのキレが悪いぞ。何か悪いものでも食ったか？」

「食べてません！　だいたい、まだ朝食前です」

「本当にー？　何か隠してることがあるんじゃないか？　団長さんの目を見て言ってごらん――ぐっ⁉」

　横から伸びてきたものに目元を叩かれて、ハーヴェイはたたらを踏んだ。

　カルロだ。その手の先にはいつもの『退職願』が握られている。

「ところ構わず見習いにちょっかいをかける軽薄な団長に嫌気が差しました。しばらくは仕事から離れ、自分探しの旅に出たいと思いますので受理を」

　ハーヴェイは書状をかすめとると、びりびりに破り捨てた。細かい紙片はすぐに風にさらわれていってしまう。

「毎回毎回よく用意するよなあ。紙がもったいないと思わない？」

「思いません。団長の机から拝借しておりますので」

「俺のかよ⁉」

　二人がいつものやりとりをしているいまが逃げるチャンスだった。

「そ、それではわたしはお先に！」

「おい、まだ話は」

「失礼しますっ！」

ハーヴェイの引き留めを無視して頭を下げ、身を翻して全力で走り出す。心臓が緊張の名残でまだどきどきしている。あるいは、やり場のない怒りからだろうか。

(どうして変わらないのよ！　わたしのこと、嫌っているくせに……)

胸の奥が痛むのは、全力で走っているせいだ。きっとそうに違いない。

(エリアスさんが怪しいってわかっているのに)

(団長が危ないかもしれないのに、何もできないなんて……)

「……さん、ノーラさん！」

はっとして振り向くと、背後からシャーロットが覗き込んでいる。

「そろそろ焦げてしまいますわ」

リオノーラは手元の鍋を見下ろした。

林檎のフィリングは既にほどよいキツネ色になっている。林檎パイを作っている途中だったことをようやく思い出し、慌てて鍋を火から退け、調理台の上へ移動させた。

「ごめん……じゃなかった、すみません！　少しぼーっとしてしまって」

ここは王太子妃の宮殿にある厨房だ。

料理人たちが食事を作る場というわけではなく、王太子妃が手ずから菓子などを作って楽しむための場所であり、それゆえに設備も道具も完璧にそろっている。

今日はここを借りて、妹と祖国にいた頃のように菓子作りを楽しんでいたのだが、リオノーラはまるで集中できていなかった。

「何か悩みごとがおありのようですわね。わたくしでよろしければうかがいますわ」

「悩みごとというほどでは……」

「人払いを」

シャーロットが扇の先を向けると、侍女たちが一礼して厨房から出ていく。いつものことながら物わかりがよすぎる。

「それでお姉様、どうなさいましたの？　ボルドウィン伯爵に何かされましたの？　まさかあの夜に……！」

「ああ、その件ならもういいの。諦めたから」

「それなら何を悩んでいらっしゃいますの？」

「ごめん。口止めをされているのよ」

すると、シャーロットの美しい双眸からぽろりと雫がこぼれ落ちた。

「シャーリー!?」

「わたくしたち、たった二人きりの姉妹ですのよ。なのに、いまさら隠しごとをなさいますの？　お姉様、変わってしまわれましたわ。昔はなんでも話してくださいましたのに……もしかして、わたくしのことが嫌いになってしまわれましたの？」

「そんなわけないでしょう！　あなたを嫌いになるなんて天地がひっくり返っても、団長が生真面目になってもジェレミア先輩が素直になってもありえないわ！」

まごうことなき本音に、泣いていたはずのシャーロットが半眼になる。

「天地はともかく、後ろの二つからお姉様の日頃の苦労がうかがえますわね。それで、何がありましたの？　もしかして、例の噂と関係がありますの？」

「例の噂って？」

思わず鸚鵡返しをしてしまう。

シャーロットがあきれたように腰に手を当てた。

「お姉様ったら、世間の噂に興味がないのは異国に来ても同じですのね。わたくしは常日頃から侍女の噂話や、すれ違った貴族の立ち話にまで耳をそばだてていますのに」

「さすがシャーリー。立派な王太子妃になれるわね。それで、どういう噂なの？」

「質問をしたのはわたくしの方なのですけれど……下町へ買い物に行った侍女が聞いてまいりましたの。『ボルドウィン伯爵は竜殺しの呪いを受けていて、以前のように空を飛べなくなってしまった』って」

「……！」

リオノーラは絶句した。

空の呪いについては自分とハーヴェイ、カルロだけの秘密になっていたはずだ。

「……どうしてそんな噂が？」

「夜中に伯爵が飛行訓練をしているところを目撃した者がいるそうですわ。見習い以下の無様な飛行を繰り返したあげくに墜落したとか。誰が見たのかまではわかりませんけれど……その様子ですと、噂は本当のようですわね」

否定も肯定もできずにいる姉から、妹は事態を汲み取ったようだった。

ハーヴェイは既に数回、夜間の飛行訓練を行っている。噂を流布した犯人は先日の賊の一派と断定はできない。しかし迷信であるはずの空の呪いを不調の原因と決めつけているあたり、可能性は決して低くないだろう。

（こんなことをしている場合じゃないわ！）

リオノーラは木べらを調理台に置くと、身を翻した。

「シャーリーごめん、わたし、詰め所に戻るわ！」

「戻るって、林檎パイはどうなさいますの⁉」

「本当にごめんなさい！　続きは侍女のみなさんと作って！」

「そんなっ！」

可愛い非難の声に後ろ髪を引かれる思いで厨房を飛び出し、廊下で待機していた侍女に軽く会釈してから走り出した。

シャーロットの耳に届くほど噂になっているということは、注目する者もいるだろう。そんな状態でいままでのような飛行訓練を続ければ、より多くの者に彼の状態が目撃され、噂が真実だと知れ渡ってしまう。

あるいは例の賊の一派に、空中で弱っているときを狙われるかもしれない。

つまり、もう飛行訓練は行えない。

痛みをどうにかするすべを身につけるとハーヴェイは語っていたが、もうそんな時間は残っていないのだ。


しかし、リオノーラの思いは届かなかった。

団長の執務室を後にすると、重たい足取りで宮廷の方へと戻っていく。

シャーロットのもとを飛び出していってからまだそれほど時間は経っていないので、林檎パイ作りを再開できるかもしれない。そう思ったからなのだが、気分は既に菓子作りどころではなくなってしまった。

(お二人ともご存じだったなんて)

ハーヴェイもカルロも噂の件は把握していた。その上で放置していた。

虹架の騎士に選ばれている以上、飛行訓練をしないわけにはいかないのだという。これからも、どれだけ噂になろうと目撃されようと続けるつもりらしい。

大丈夫だよ、なんて笑いかけられたが、笑い返すことなんてできなかった。

命を狙われているかもしれないのだ。大丈夫なわけがない。こんなに心配しているのに、どうしてわかってくれないのだろう。

(団長のためを思うのなら、お止めするべきよね。でも、どうやって……)

言っても聞かない人、とはカルロの評だ。

リオノーラが言ったところで同じだろう。

「おね……ノーラさん、どうなさいましたの？」

聞き慣れた美声にはっとして顔を上げれば、通路の向かいからシャーロットが侍女を引き連れて向かってくるところだった。

腕に引っかけたバスケットから甘くこうばしい香りがただよってくる。既に林檎パイは焼きあがった後のようだ。リオノーラは慌てて立ち止まり頭を下げた。

「シャーリ……ロット様！　さきほどは申し訳ありませんでした」

「いいんですのよ。お仕事を優先されるべきですわ。でもそのご様子ですと、あまりかんばしい結果にはならなかったようですわね」

「……う」

思わず口ごもると、シャーロットが正面から両手で抱きしめてくれた。

なつかしいやわらかさと体温に気持ちが安らぐようだった。リオノーラも彼女の背中に腕を回して抱きしめ返し、首元に顔をうずめれば、かぐわしい薔薇の香りがした。

シャーロットがそっと耳打ちしてくる。

「聞いてもらえなかったんですのね？」

「……うん」

「お姉様の気持ちを踏みにじるなんて……あの男、いつか潰してやりますわ」

「え？」

何か物騒なつぶやきが聞こえた気がして聞き返すと、シャーロットはするりと身を離してにっこりと微笑んだ。

やはり気のせいだったようだ。こんなにも美しく邪気のない笑顔を輝かせる美少女の唇から、物騒な言葉など飛び出すわけがない。

妹の美貌をうっとりと眺めているうちに、ふと思いついた。

「そうだ。シャーロット様、お願いがあるんです。王太子殿下にご報告したいことがあって、よろしければ取り次いでいただけませんか？」

自分が言ったところで聞かなくとも、ライオネルの言葉なら届くかもしれない。

「構いませんわよ。いまちょうど、ライオネル様に林檎パイのおすそわけをお届けするところでしたの。もちろん、ノーラさんのぶんもちゃんと取っておいてありますわ。ぜひ、一緒にいらして」

「ありがとうございます！」

厚意に甘えて、リオノーラはシャーロットとともにライオネルの執務室に向かった。

扉の前で立ち止まり、侍女がノックをするとすぐに返事があった。ライオネルは在室らしい。侍女が開けてくれた扉をシャーロットに続いてくぐる。

王太子の執務室だけあって、ハーヴェイのそれよりも調度品が豪華だった。壁やカーテンなどは深緑色で、机や椅子などは樫材で統一され、壁の上半分には大きな風景画が飾られていた。描かれているのは王都とその奥にある丘の上の王宮だ。

執務机で書類に羽根ペンを滑らせていたライオネルが顔を上げて目を細めた。

「やあシャーリー。珍しいね、お友だちを連れてきてくれるとは思わなかったよ」

リオノーラは思わず背筋を伸ばした。

二人の時間を邪魔されてとがめられるかと思ったが、ライオネルはすぐにすんと匂いを嗅いで笑顔になる。

「いい匂いだ」

「林檎パイですわ。ノーラさんと一緒に作りましたの。お口に合うといいんですけれど」

「君たちが愛情を込めて作ってくれたものが、おいしくないはずがないだろう。お茶を淹れてもらえるかな？」

シャーロットの侍女が一礼して部屋を出ていく。

どうぞと勧められるままに、リオノーラはシャーロットとともに部屋の隅にある天鵞絨の長椅子に並んで座った。ライオネルもすぐに来て向かいの長椅子に腰をうずめる。

笑顔で見つめられて、思い出したように緊張が走る。

（そういえばわたし、正体がばれたらまずいのでは!?）

ハーヴェイのことで頭がいっぱいになっていたせいですっかり忘れていた。ライオネルは幼少の頃に一度だけレイブラ王宮を訪れており、リオノーラとも顔を合わせている。うっかり思い出されてはまずい。

「気のせいかなあ。君とは以前にも会ったことがある気がするんだよね」

「そ、そんなことはないと思います。この間が初対面です……」

目が泳ぐ。視線を合わせれば見透かされてしまいそうな気がしてならない。

リオノーラが冷や汗を流しながら固まっていると、横からシャーロットが助け船を出してくれた。

「ライオネル様、そんなありがちな口説き文句は使わないでくださいませ。まだわたくしと式も挙げておりませんのに、ノーラさんを第二夫人にと考えてらっしゃるのだとしたら怒りますわよ」

「まさか！　誤解だ、第二夫人を娶るつもりはないよ。君が最初で最後の妃だ」

「そうしていただけると嬉しいですわ。わたくし、こう見えて嫉妬深いんですのよ」

うふふ、と笑いながらシャーロットがバスケットに被せていた布を開き、中から皿に載せた林檎パイを取り出して樫材の卓に置いた。ライオネルが目を輝かせる。

ノックの音がして、さきほど出ていった侍女が白い陶器のティーセットを載せたワゴンを押して戻ってきた。手際よく人数分の紅茶が配られた。

シャーロットたちがティーカップに口をつけるのを待ってから、リオノーラもおそるおそる唇を寄せてこくんと一口飲んだ。高級な茶葉を使っているだろうに、緊張のせいかまるで味がわからない。

ライオネルはさらに林檎パイをフォークで切り、小さなかけらを口元へ運んだ。肉づきのいい頬が嬉しそうに弧を描く。

「うん、おいしい。フィリングの甘さが絶妙だね」

「よかったですわ。ヴァンレインではレイブラよりもお菓子を甘めに作るとうかがっていたので心配でしたの」

「この国のことを研究してきてくれていたなんて嬉しいな。こんなにおいしい差し入れをもらってばかりいたら、また太ってしまいそうだよ。それで……」

ちらり、と流し目のような視線がこちらに向けられる。

「お友だちを連れてきたということは、何か大事な話があるんだろう？　林檎パイのお礼に聞いてあげるよ」

何もかもお見通しのようだ。

ハーヴェイがかつて、秘密を隠す上でライオネルが一番の要注意人物であるかのように語っていたのを思い出す。

（でも、この人ならば味方になってくれるかもしれない）

せめて虹架の騎士を他の人に命じてもらえれば、ハーヴェイも焦って飛行訓練を行う必要はなくなるだろう。彼が飛べるようになるまでの、あるいは空の呪いを軽減させる方法を見つけるまでの時間を少しでも作りたかった。

リオノーラはカップをソーサーに下ろしてから話を切り出した。

「団長のことで、お話があるんです」

「それは、ハーヴェイが呪われているという噂が関係しているのかな？」

切り返しが早い。頭の中まで見透かされている気分だ。

「噂ではなく事実です。この目でしかと見ました。地上から見たのではなく、団長と一緒に飛んだときに、後ろから」

ライオネルが片眉を跳ね上げ、少し身を乗り出してくる。興味を持ってくれたようだ。

「詳しく教えてくれるかな？」

はい、と神妙にうなずいてから、リオノーラは話し出した。

――まさかその翌日、竜騎士団長の進退を問う審問会が開かれ、そこに証人として召喚されるはめになるとは思わなかった。

（えええええええ……）

会議の間の隣にある控え室の隅で、リオノーラは長椅子に腰掛けたまま石像のように固まっていた。頭の機能もほぼ石化してしまったらしく、何も考えられない。

壁が分厚いらしく音漏れはほとんどしてこないが、隣室では既に国王と王太子、そして廷臣と議員たちによる審問会がはじまっているようだった。

ここで待機しているように伝えられてからもう何十分、何時間経ったのかわからない。この部屋に入ってからもう一つ歳を取ったような気さえする一方で、永遠にお呼びがかからなければいいとすら思った。

しかしリオノーラの願いは叶わなかったようで、扉が開いて兵士が呼びに来た。

「お呼びだ。来い」

「……はい」

兵士に従って部屋を出る気分は連行される罪人だ。手錠も足枷もかけられていなくとも、手も足も、全身も鎖で繋がれているかのように重たい。

両開きの扉の前で、兵士が大きく息を吸って声を張らせた。

「竜騎士見習いノーラをお連れいたしました」

扉が開かれる。そこから先はリオノーラだけで進まねばならない。緊張で発熱したかのように激しくなる鼓動を抑えつつ、勇気を出して扉をくぐる。

数歩踏み入れたところで、一斉に注がれる無数の視線に足がすくんだ。

議会の間は奥の壁に建国王の肖像画が飾られていた。その下に国王と議長、王太子の席があり、手前に書記官の机がある。

そして左右には階段状に席が設けられ、そこに議員たちがずらりと並んでいる。彼らはついに呼び出された証人にそれぞれ温度の違う眼差しを向けてくる。

胡乱げに見やってくる者もいれば、冷ややかに眺めてくる者、お手並み拝見とばかりに楽しそうな視線を送ってくる者もいる。もちろん最後の一人は王太子のライオネルだ。

想定していた以上の重圧に体が震えそうになり、拳をきつく握って抑え込む。

正面に立たされているハーヴェイのそれは自分の比ではないだろう。彼はリオノーラが入室したときに一瞥してきたきり、視線を合わせてこない。

(きっと怒ってらっしゃるわよね……)

自分のせいで進退問題にまで発展したのだ。これではますます嫌われてしまうだろう。

「竜騎士見習いノーラ。まずは宣誓を」

リオノーラは促されるままに左胸に手を当てて、決められた文言を述べた。

「天にまします輝ける竜神と偉大なる建国王エイブラハムの御名のもとに、真実のみを証言するとここに誓います」

「結構。それでは——フォスター卿、質問を」

左側の席にいた貴族然とした男が立ち上がる。痩せぎすで口髭と顎鬚をたっぷりと蓄えており、落ちくぼんだ炯眼がぎょろりとこちらを射貫いた。

聞き覚えのある名前だ。確か、ジェレミアを竜騎士団長にしようとしている人物だとカルロが語っていた。

「貴君はボルドウィン卿が空の呪いで苦しんでいるところを実際に目撃したと聞いたが、本当かね？」

「……えっと」

リオノーラはハーヴェイの方をちらりと見たが、彼はまっすぐ前に顔を向けていてこちらに気づかない。いや、気づいていても気づかないふりをしているのかもしれない。

すると上座からライオネルが穏やかに促してきた。

「気にしなくていいんだよ。昨日と同じことを話してくれればいいんだから」

暗に、リオノーラがライオネルに直接報告したとばらしている。

(余計なことを言わないでくれませんか!?　この裏切り者っ！)

一瞬、シャーロットの将来が不安になったが、いまはそれどころではない。

「はい、この目で見ました」

「そのときの状況を詳しく説明しなさい」

「……その日はちょうど巡回任務の日でした。逃がした賊の一人が竜に乗って逃げたために、わたしは団長と一緒にアクセルの……竜の背に乗って追跡しました」

リオノーラは当時を思い出しながら正直に答える。

「はじめのうちは普通に飛行していましたが、しばらくして敵と交戦し追い詰めたときです……団長が具合を悪くしていることに気がつきました。顔色が悪く、汗をびっしょりとかいていました。それから気を失うかもしれないとおっしゃって、その直後に突然気を失われました。竜具をつけていなかったのでそのまま落下して……命があるのはアクセルがわたしたちを拾ってくれたからです」

議員たちがざわめきはじめる中、「ですが！」と声を振り絞ってさえぎった。

「虹架の騎士はともかく、団長職まで降りる必要はないと思います！　団長はみんなに望まれて団長になられた方です。信頼されていて実績もあって、わたしも上司としてとても尊敬しています。空を飛べなくても職務を続けることは――」

「誰が私見を述べろと言った！」

フォスターの一喝に、リオノーラはひっと縮み上がった。議長がまあまあと取りなしながら釘を刺してくる。

「証人は質問されたことのみを答えるように」

「……申し訳ありません」

視線を感じてちらりと横を見ると、ハーヴェイが苦笑をしていた。目が困った子だねと語っているが、どことなく嬉しそうにも見えた。

フォスターが満足そうにうなずくと、今度はハーヴェイにぎょろ目を向ける。

「結構。ボルドウィン卿、証人はこう申しているが、何か反論はあるかね？」

「ありませんね。というか、誰も最初っから空の呪い自体は否定していないでしょ」

（そうだったの⁉）

驚いた。と同時に、会議の間に呼び出されても変わらない態度にあきれ返った。

「そうであった。貴君は空の呪いで満足に飛べない体になったというのに、一貫して竜騎士団長職は降りない、虹架の騎士も辞めないと申しているのであったな！」

「えっ⁉」

うっかり声をあげてしまってから、リオノーラは慌てて口元を押さえた。

まさかこの期に及んでまだ諦めていないとは、あきれを通り越して感心さえする。

「貴君はことの重要性を理解しているのかね？　竜騎士団長の職についてはひとまず置いておこう。ライオネル殿下の婚礼の儀はもう来週にまで迫っておる。殿下と王太子妃を乗せた状態でまた気を失ったら、お二人の身を危険に晒すとは思わないのか！」

フォスターの拳が机を激しく叩いた。

ハーヴェイが聞き分けの悪い老人に困ったように肩をすくめてみせる。

「それは重々承知していますよ。その上で、ぎりぎりまで待ってほしいと申しているんです。必ず飛べるようになってみせます。それに、いよいよ無理だと諦めがついたら辞退するつもりです」

「ぎりぎりというのは具体的にいつまでかね？　一日前か？　一刻前か？　馬鹿らしい。こちらには無理をしてでも貴君に飛ばせる理由などない。幸い、我が国には優秀な竜騎士がごまんといる。他の者を飛ばせればよいだけの話ではないか！」

「いいや、俺が飛んだ方が絶対にいいはずですよ」

「貴君にとってはそうであろう。虹架の騎士は竜騎士の栄誉であるからな」

「違う違う。俺にとってではなく、この国にとってですよ」

フォスターが怪訝に眉をひそめる。リオノーラにもさっぱりだ。

ハーヴェイがなぜか楽しそうに口角を上げる。

「自分で言うのもなんですが『竜殺しのハーヴェイ』の名は大陸中に轟いています。よその国にとっては、俺は戦に勝つためならばなんでもする恐怖の将軍ということになっているんですよ——ノーラ、あんたも俺の悪名を知っていたよな？」

「えっ!? は、はい」

急に話を振られて驚きつつも、リオノーラはうなずいた。

「お歴々の皆様、彼女は片親がヴァンレイン人ながら異国で生まれ育っています。その彼女に訊いてみましょう——異国では、俺はなんて言われてる？ 遠慮しなくていいよ、悪口なら慣れっこだから」

「……自分が逃げるために契約竜を犠牲にするような、非情で非常識な男、と」

おそるおそる、母から聞いた話をそのまま口に出す。

「他には何かない？」

「破天荒で何をやらかすかわからない、おそろしい男、とも聞きました。無敵の鯨竜戦艦を沈めた話は、まるで悪夢のように語られています」

答えているうちに気がついた。

（団長、もしかしてわたしを自分側の証人にした……？）

期待どおりの悪評判だったらしく、ハーヴェイは満足そうに笑った。それから会議の間をぐるりと見渡してから、堂々と続ける。

「お聞きのとおりです。俺の存在は既にヴァンレインの軍事力の象徴になっています。

ヴァンレインの国威を示すためにも、王太子殿下の婚礼という国内外から賓客が集まる儀式に、俺を使わない手はないんですよ。なのに、その俺が婚礼当日に飛ばなかったら何かあったと勘ぐられます。飛べないほどの大怪我を負ったか、あるいは空の呪いか。俺が竜を殺したことは大陸中に知れ渡っていますからね」

空の呪いはあくまで言い伝えであり、迷信だと思われている。だが、伝承が真実だったという考えに辿りつくのは時間の問題だろう。

「恐怖の象徴が使い物にならなくなったと知れたら、言葉は悪いが他国に舐められます。フォスター卿、あなたがオルダートの将軍だったらどうします？」

「それは……」

「では、ライオネル殿下は？」

返答に窮するフォスターを流してライオネルに振ると、彼は苦笑いで応じた。

「私は本来、平和主義者なんだけれどね。あの好戦的な国家の将軍だったらまあ、一気に攻めるだろうね。大事な鯨竜戦艦を潰した怨敵がいないのなら、またとない好機だ」

「ありがとうございます」

ハーヴェイは軽く一礼して、また議席を見渡す。

「俺は俺の存在価値を理解しているつもりです。不名誉だろうと禁忌だろうと、俺の名が戦争の抑止力になるのならいくらでも利用していただきたい。それが俺の愛国心の示し方です。だからこそ……俺は虹架の騎士を降りるわけにはいかないんです」

もはや彼の独壇場だった。

誰も彼も、フォスターでさえも黙って彼の言葉を聞くことしかできずにいる。

（すごい。議員たちを丸め込んじゃった……）

彼の主張は筋が通っているようでいて、事態の一面しか語っていない。そう頭では理解しているのに妙な説得力があって、彼に賭けてみたいという気持ちにさせるのだ。

「……しかし、呪いは解けないから呪いであろう。ぎりぎりまで待てと言うが……」

「それなら、こういうのはどうかな？　虹架の騎士を誰にやらせるかは、竜上三種試合で決める、というのは」

ライオネルが妙に明るい声で提案した。

竜上三種試合とは竜に騎乗した状態で行う模擬戦だ。刃を潰した剣と槍、鏃を柔らかいもので覆った弓の三種類を使用し、降参もしくは地面に足をつけた者が負けとなる。

リオノーラもレイブラで何度か目にしたことがあったが、騎士の中でも特に花形である竜騎士たちの白熱した戦いは、幼心に心が躍ったものだ。

議長が目を見開いて聞き返す。

「模擬試合を組むとおっしゃるので？」

「そう。トーナメント方式で、優勝した者に虹架の騎士を任せよう。私も、空の呪いで苦しんでいる男に負けるような騎士の後ろには乗りたくないからね」

いま思いついたとばかりの提案だが、リオノーラにはとてもそうは思えなかった。

おそらくこの流れは既定路線だ。

空の呪いの噂が広まり、進退を問われるのも時間の問題だと考えて、敢えて早急に審問会を開かせ、模擬試合開催の流れに持っていったのだろう。

（シャーリー……この人絶対、癒し系でも小動物でもないからね……）

どちらでもないと評された王太子が、笑顔で隣の国王に話を振った。

「父上はどう思われます？」

「悪くないのではないか。婚礼の儀が盛り上がる上に、平和ぼけした竜騎士たちの士気も上がるだろう。諸君はどうだ？」

ようやく口を開いた老齢の国王が促すと、議員たちが顔を見合わせた。

「そういうことでしたら……」

「特に異存は……」

「お待ちくだされ！　話が逸れておりますぞ。この審問会議は本来、ボルドウィン卿の進退を問うものであったはず」

フォスター一人が悪あがきをする中、ライオネルが被せ気味に続ける。

「もちろん、ハーヴェイには優勝できなかったら虹架の騎士どころか竜騎士団長の職も辞めてもらうつもりだよ。それでいいよね、ハーヴェイ？」

（騎士団長職を辞すって⁉）

リオノーラがぎょっとする中、ハーヴェイは胸に手を当てて恭しく一礼する。

「必ずや、殿下のご期待に応えてみせましょう」

こんなはずではなかったのに。

事態はリオノーラが望んでいたものとはかけ離れた方向へばかり進んでしまう。


退室を命じられた後しばらくは、リオノーラは控えの間で過ごした。

自分のせいで審問会議が開かれたわけではない、ということはもうわかっている。仕掛け人はライオネルと、他ならぬハーヴェイで、自分は利用されただけだ。

（わたしでは、団長を止めることはできない……）

なぜ周りの誰も彼に飛ぼうとするのをやめろと言わないのかがわからなかった。カルロは諦めている様子だった。ライオネルに関しては、何を考えているのかさっぱりだ。

扉が開く音がして振り向くとハーヴェイが入ってきたところだった。

リオノーラは反射的に立ち上がったものの、かける言葉が見つからずに口をつぐむ。

ハーヴェイはゆっくりと近づいてくると、目の前で足を止めてにやりと笑った。

「俺を出し抜こうなんざ百年早い」

「……来世でも無理そうな気がします」

「そんなに妹が心配か？　まあ、そりゃそうか。こんなところまで追いかけてくるくらいだもんなあ」

何か勘違いされているようなので、リオノーラは首を横に振ってみせた。

「違います。シャーリーのことは大切ですけど、わたしはただ団長に飛んでほしくないだけです。せめて、空の呪いの痛みを軽減する方法が見つかるまでは」

その方法も、ハーヴェイとの絆を深めるという作戦を拒絶されたいまとなっては見つかるかどうかもわからない。

「すみません。こんなことになってしまって……これだから嫌われちゃうんですよね」

「何、誰かに嫌われてるのか？　まさか、いじめられてないよな？」

えっ、と不思議に思って見上げれば、珍しく真剣な顔つきをしている。

「いじめられたり嫌がらせされたりしたら団長さんに相談するように」

「ま、待ってください！　いじめられてはいませんから！　そうではなくて！」

掛け値なしの怪訝な目を向けられる。本気で気にかけてくれているのが伝わってくるだけに、あのときのことが腑に落ちない。

訊いてもいいのだろうか。迷いつつ、おそるおそる質問する。

「団長、わたしのこと嫌いではないのですか？」

「好きだよ？」

　何をいまさらとばかりに言われる。

（……どういうことなの？）

　リオノーラが混乱していると、ハーヴェイは顔を横に向けて、悲しそうに眉を寄せて口元を手で覆い隠した。

「……俺、ノーラちゃんを嫌ってると思われてたのか。いままでのやりとりはなんだったんだ。愛情を込めて育てているつもりだったのに、団長さんショック」

「あ、あの、すみません、誤解していたみたいで……」

「スキンシップが足りなかったのかなあ。やっぱり愛情は態度で示さないとね。さみしかったらいつでも団長さんの胸に飛び込んできていいんだよ？　ほら遠慮なく」

　その一言で思い出した。

「あーっ！　そうでした！」

　びくりとするハーヴェイに、くるりと振り向いて人差し指を突きつける。

「スキンシップ！　団長もアクセルの沐浴をちゃんとやってください！　そんなことではいつまで経っても仲良くなれませんよ！」

「ええー……そっち？」

不満そうな反応を聞き流して、リオノーラはさりげなく体の向きを変えて顔を隠した。口元が緩むのを見られなくない。

（嫌われてなかった……よかった）

しかし、喜んでばかりもいられない。問題は何も解決していないのだ。

「訓練で飛ぶだけでも危険なのに、試合なんて無茶だと思います」

「虹架の騎士どころか竜騎士団長職がかかっているからね。棄権はできない」

「でもっ！」

「そこは平行線かな。同じ竜と契約しているのに、わかり合えないもんだね」

ハーヴェイが寂しげに目を細める。

自分を国のために利用しようとする彼と、あくまで彼の身の安全を考えるリオノーラとで意見が合うわけがない。

（わたしはどうしたらいいの）

翌日、虹架の騎士を決める竜上三種試合『虹架の騎士決定戦』を開催するという通達がなされた。竜騎士団のサロンでは朝からその話でもちきりだ。

ハーヴェイが降ろされたことに同情的な声もあるが、竜騎士の栄誉である虹架の騎士になるチャンスが等しく与えられたことに期待する者も多い。

実は竜騎士団長職までかかった大会だとは知られていないようだ。

(辞めさせられちゃうって言えばみんな手加減してくれるかしら)

いや、そんなことをしてもハーヴェイは喜ばないだろう。それに、竜騎士団も一枚岩というわけではない。

リオノーラはちらりと窓際の席をうかがった。

「結局おまえも参加するのか。虹架の騎士に興味はなかったんじゃないのか？」

「誰も興味がないとは言っていない！　身内贔屓はいらんと言っていただけだ！」

エリアスにからかわれて、ジェレミアがムキになっている。

あれから、エリアスに目立った動きはない。しかしフォスターと繋がっている可能性が高い彼は、ハーヴェイが負けたら竜騎士団長職を辞す話も耳にしているかもしれない。ハーヴェイを目の敵にしている連中にとってはまたとない機会だ。

(先輩が竜騎士団長になるのが嫌なわけではないけれど……)

心苦しくなり、リオノーラはサロンを後にした。

食堂の前を通りかかると、軽やかな女声とともに珍しく野太い声が聞こえてきた。

「うっそぉ、そんなことが？」

「ご隠居、話を盛ってらっしゃるでしょう?」

「いやいや、本当だって。信じてくれよ」

まさかと思って覗き込めば、椅子の一つに見覚えのある黒い眼帯をした男の姿があった。長卓には異国の土産らしき食材や小瓶、麻袋などが乱雑に積まれている。

「お館様!」

思わず声をあげて駆け寄ると、空賊のような風貌の元竜騎士は振り向いて破顔した。

「おう、ノーラ。元気にしていたか!」

ブライアンは立ち上がってリオノーラを太い腕で受け止めると、そのまま高く抱き上げた。父にもしてもらったことがなかったのでびっくりして声も出なかった。

「話は聞いたぞ。竜騎士見習いになったんだってな」

「ええと、あの、はい……」

しどろもどろになりながらも、リオノーラは気がついた。ブライアンは傍目には喜んでいるように見えるかもしれないが、目が笑っていない。

「さて。積もる話もあるし、ちょっと家族水入らずで話してこようか。おまえらは適当に土産でも開けて見ててくれ」

「はあーい!」

「いつもありがと!」

元同僚たちに手を振られて食堂を後にすると、二人は外に出て裏庭の方に向かった。このあたりなら人気はないので話を聞かれる心配は少ない。

「話はカルロから聞いている。アクセルのやつ、人がいない隙にとんでもないことしやがって。大変だったな」

リオノーラは首を横に振った。

「いえ、わたしは毎日が新鮮で楽しんでいます。大変なのは団長の方で……」

「……まあな」

そのあたりの事情まで伝わっているらしく、ブライアンは遠い眼差しになった。数々の危機を乗り越えてきた先々代竜騎士団長がこんな表情をするのだから、事態がいかに深刻かうかがえる。

「お館様はよくお仕事で異国に行かれているんですよね？」

「なんでえ、急に」

「いえ、ヴァンレインには伝わっていなくても、異国のどこかになら空の呪いを解く方法が伝わっていないかと思いまして」

ブライアンは少し虚空を見上げて思い出しながら答える。

「呪いの解き方までは聞いたことがねえな。だが西方の小国でこんな説を聞いてきたよ。空の呪いは死んだ竜との関係によっても変わるんだそうだ。殺した竜との絆が深ければ深いほど、あるいは恨みが強ければ強いほど苦痛は激しくなるらしい。その痛みは魂を削られるのが原因で、積もり積もれば死に至る、と」

「死に……!?」

ぞっとした。命にかかわると知ったらなおのこと、続けさせるわけにはいかない。

「そんなに大変な状態なのに、どうして誰も止めないんですか！」

「言ったって聞くようなやつじゃないだろう」

「聞かなくても、無理やりにでも止めるべきです！」

しかしブライアンは苦笑して頭を掻いた。

「おまえさんもそのうちわかるようになるさ」

「わかりませんし、わかりたくありません！　わたしは団長に死んでほしくないから、だから絶対に止めてみせます！」

リオノーラはブライアンに背を向けて走り出した。

誰かに頼ろうとしたのが間違っていたのだ。どんな手を使ってでも、竜騎士でいられなくなって憎まれたとしても構わない。ハーヴェイを止める。

一つだけ、方法はあった。ただし最後の手段だ。自分のためにも、ハーヴェイのためにも、これだけは使いたくなかった。

外に出て、まっすぐに竜舎に向かった。

扉を開けて飛び込むと、中には人気はなく、干した飼い葉の匂いが立ちこめ、暇をもてあました竜たちはのんびりと寝そべっていた。

リオノーラは迷わず一番奥の竜房へ向かった。体を丸めてみずからの尾を枕にしている竜の前で足を止めると、すうと息を吸って口を開いた。

「竜騎士契約を破棄したいの」

アクセルがうっすらと瞼を開いた。頭をわずかにもたげて目を向けてくる。

「このままだと団長が死んでしまうかもしれないの。身勝手なのはわかってるわ。でも、あなたと契約したのは間違ってた……お願い、契約をなかったことにして」

リオノーラは勢いよく頭を下げた。

十秒、二十秒と待ってから頭を上げると、アクセルは尻尾に顎を乗せて目を閉じていた。

「無視しないで、話を聞いて！」

柵を越えて竜房に足を踏み入れ、強面の竜の鼻先へ飛びついた。アクセルが億劫そうに片方の瞼を開ける。

「どうしてあんな契約を提案してきたの!?　一対二で契約をする意味は何!?　何か意図があったんでしょう!?　空の呪いと何か関係があるの!?　ねえ、お願いだから何か答えてよ……！」

竜の鼻先にしがみついて、少しでも気持ちが届けとばかりにその鼻筋に額を押しつける。

そのときだった。

頭の中で、まばゆい閃光が弾けた。

(えっ!?)

次の瞬間、リオノーラは暗闇の中へ放り込まれた。


視界が黒一色に塗り潰されたのはつかの間のことで、すぐに視界が開けていく。

気がついたときには、荒野にいた。砂煙がうっすらと舞う中、無数の天幕と、竜具をつけた竜たちの姿が見える。

(ここ、どこ? 夢を見ているの?)

風景にはまるで見覚えがない。

しかし、竜と、彼らを前にして語り合う人たちには見覚えがあった。

いつも竜舎で見かけている竜が何頭かいる。そして竜騎士用の軽甲冑に身を包んで話し込んでいるのは、ハーヴェイとカルロだ。肌も甲冑も連戦で疲弊したように薄汚れており、ついでに言えば自分の目線は彼らを見下ろせるくらいに高い位置にあった。少なくとも、ハーヴェイよりも目線が高いのは確かだ。

いったい誰の視界だろう。そんな疑問を、カルロの痛烈な叫びが消し去った。

「ふざけるな！」

反発の言葉を矢のように放ち、ハーヴェイの胸倉を掴み上げる。

「そんな作戦、受け入れられるわけがないだろう！　死んで英雄にでもなる気か！」

「他に方法がないんだ」

ハーヴェイの声音には、諦めが多分に交じっていた。自分の命を諦めた声を漏らして、胸倉を締め上げる手首を摑んでやんわりと引きはがす。

彼らのやりとりをカルロの竜が心配そうに見つめているのを認めて、気がついた。この視界の高さは竜と同じだ。

（これってもしかして……アクセルの記憶？）

それもオルダートとの戦時中での出来事に違いない。

「鯨竜戦艦は雲の中を移動しながらこっちに向かっている。あの巨大な魔力砲があるかぎり俺たちは負ける。あれを潰さないと、次に消されるのはルドテールの街だ」

そう語りながら横へ顔を向ける。藍色の眼差しの遠い先には緑の山々が広がっており、その裾野にこぢんまりとした集落があった。

「幸い、魔力砲は放射の予兆がはじまってから実際に発射されるまでに数分かかる。その間に砲内部に侵入し、火薬で内部から爆発させれば鯨竜戦艦を丸ごと破壊できる」

「それはわかっている！　私が問題にしているのは、その特攻役を指揮官のおまえがやろうとしていることだ！」

「部下に死んでこいなんて命令できるかよ。　俺が決めた作戦だから、　俺が責任を持って実行するんだ」

「だが！」

「団長命令だ。従ってくれ」

カルロがぐっと奥歯を嚙みしめる。

いくつもの逡巡が彼の脳裏をよぎったのは傍目にもあきらかだった。抗弁することもできただろう。だが、彼は諦めた。言っても聞かない男だと、つきあいが長いからこそわかってしまったのだろう。

「……そこまで言うのなら、従おう。だが金輪際、おまえを友とは思わない」

そう告げると、カルロは踵を打ち鳴らして姿勢を正し、ヴァンレイン式の敬礼をした。

「団長の指示に従います。では、失礼します！」

急に口調を改め、一礼して去っていく。

これが、二人の友情が終わった瞬間だったのだろう。

かつての友の後ろ姿を寂しそうに見送った後、ハーヴェイはふとこちらに目を向けた。

一瞬、覗き見を見つかったかのような気分になってどきりとするが、もちろんリオノーラを見ているのではない。これは過去の出来事だ。

近づいてきて腕を伸ばし、その手を優しく上下させる。視線の主、つまりアクセルの鼻筋を撫でたのだろう。

「ごめんな。アラン団長が亡くなったばっかだっていうのに、親友まで奪っちまって」

親友とは誰のことか。答えはすぐにわかった。

ハーヴェイは身を翻し、近くにいる別の竜のもとへ歩み寄っていった。見たことのない竜だった。青みがかった鱗が美しい。

その鼻先に額をこつんと押しつけて、彼は悲しそうに笑った。

「すまない、レックス。聞いていたとおりだ――俺と一緒に死んでくれ」

レックスと呼ばれた竜は、静かに瞼を閉じた。

――やがて時が流れて、噂の鯨竜戦艦が雲の中から姿をあらわす。

聞きしに勝る迫力だった。

翼竜の五十倍はありそうな鯨竜は、まるで空中を島が移動しているかのようだった。ごつごつした岩山のような船底型の体軀はまさしく動く城塞で、さまざまな攻城兵器が積まれて物騒な輪郭を浮かび上がらせている。

中でも異様なのが、翼を広げた翼竜がそのまま入れそうなほど巨大な魔力砲台だ。鯨竜の頭頂部にある魔力孔に手を加え、力を正面へと発射できるように改造されている。

そのおぞましい砲口へと、一つの騎影が突進していく。ハーヴェイとレックスだ。

特攻に気づいた敵の騎影が次々と押し寄せてくるのを、味方の騎影が食い止める。カルロをはじめとして、見知った顔がいくつか見受けられた。

(団長、やめて!)

無駄だと理解しつつも、そう願わずにはいられなかった。

これはアクセルの記憶の世界であり、結末は変わらない。ハーヴェイはこの戦役から生還している。その事実があっても、気持ちを抑えられなかった。

(やめて。アクセル、どうして止めないの!? 友だちなんでしょう!?)

あるいは、友だからかもしれない。アクセルは、レックスの意思を尊重したのだ。

作戦は順調のように見えた。だが彼らの騎影が巨大な砲口へ辿りついたかに見えた瞬間、レックスが突如として激しく体を揺らしはじめた。

ハーヴェイが竜の背から振り落とされる。

にわかには信じられない光景だった。彼はたとえ逆さまになっても竜から落ちない男だ。鞍も鐙もあり、手綱もしっかりと握っていた。

それなのに墜ちた。

信じられない、といった顔をしたハーヴェイが吸い込まれるように落下していく。レックスは契約者が落ちたというのに見向きもせず、まっすぐに砲口へと突入していった。

『友よ。あるじ殿を、頼む』

頭の中に直接響いたその声は、はじめて聞いたのにレックスの声だと確信できた。

ややあって大爆発が起き、鯨竜戦艦が四散する。

爆風に吹き飛ばされたハーヴェイは、飛んできた大きな破片を腹に受けて気を失った。

ぐったりした長身が落下していくのを認めた瞬間、視点の主が動き出した。

ハーヴェイへと急速に接近し、腹に大きな傷を負った体を大きな顎で慎重にすくい上げ、飛び去っていく。

「レックス、なぜ……」

ハーヴェイが夢うつつの状態ながら薄く目を開けて、鯨竜戦艦の方へ右腕を伸ばす。

手の甲に描かれていた片翼の刻印が溶けるように消えていく。

それは、契約の破棄、そして契約相手の死亡を意味していた。


気がつけば、リオノーラは現実世界の竜舎に戻ってきていた。

藁の散らばった通路の地面にぺたんと座り込んでおり、頬がぐっしょりと濡れている。

頬を伝う涙を手の甲で拭ってから、狭い竜房の中にいる大きな存在に顔を向けた。

「ごめんなさい。あなたのこと、ずっと誤解していたわ」

アクセルはレックスの遺言を守っている。親友に頼まれた男が死なないよう、無茶をしないよう、ずっと見守ってきたに違いない。

「あなただって苦しんでいたのに、気づけなかった……契約者失格ね」

アクセルが鼻を寄せてくる。こつんと額を突かれれば、そんなことはないと慰められた気がした。くすりと笑い返して、その大きな鼻頭を撫でる。

可愛い、とはじめて思った。

きっとハーヴェイも同じような気持ちをレックスに対して抱いていたのだろう。

空の呪いは殺した竜との関係によるとブライアンは語っていた。竜の恨みが強ければ強いほど痛みは強くなり、竜との絆が深ければ深いほど痛みは深くなる。

(団長がいま苦しんでいるのは、きっとレックスとの絆が深すぎるから)

捨て身の特攻中に竜騎士契約を解除し、その身を犠牲にしてハーヴェイを逃がすなんて、並大抵の信頼関係ではできるわけがない。

そしてそんな竜の意思を継いだアクセルが、ただハーヴェイに嫌がらせをするために二重契約を申し出てきたわけがない。あの契約には大きな意味があるのだ。

「呪いの痛みをやわらげる方法はあるのね?」

アクセルがゆっくりとうなずいた。言葉は交わせなくとも、意思の疎通はできる。

「それには、魔力が関係している?」

リオノーラの取り柄は魔力の量くらいだ。案の定アクセルはまた首を縦に振る。

「でもどうしてわたしなの？　魔力が多い人なら他にもいるでしょう？」

アクセルが首をもたげ、再び鼻先を額に押しつけてきた。

その瞬間、とある光景が頭の中で弾けるように思い浮かんだ。

竜舎の中だ。竜房の柵の向こう側でたわむれているのは、ハーヴェイとリオノーラだ。

顔を真っ赤にして抗議するリオノーラと笑っていなしているハーヴェイの姿は、竜の視点を通してみるととても仲がよさそうに見えた。

「団長と仲がよさそうだから、わたしならできると思ったのね」

アクセルがまたうなずく。

カルロの仮説を元に、ハーヴェイと仲良くなろうと奮闘していたのもあながち間違っていなかったようだ。呪いの解除にはやはり契約者同士の絆が関係しているのだろうか。

「呪いを解く方法を教えて」

アクセルがまたちょんと鼻先を額に寄せる。再び頭の中にイメージが浮かんだが、ハーヴェイが空で苦しむ姿が見えただけだった。

「ごめんなさい、わからないわ」

竜の厳つい顔がこころなしかしょんぼりする。

契約竜と騎士の間では言葉はなくとも意思疎通ができると聞いていたのだが、餌係でしかないリオノーラには無理なのかもしれない。

「でも、あなたのおかげでわかったわ。わたしには『見る』ことが足りてなかった」

アクセルはずっとハーヴェイを見つめていた。

観察し、見極め、見守っていた。

(わたしも、もっと団長を見つめよう……そして、信じよう)

リオノーラはハーヴェイを信じていなかった。

武人としての彼の強さは信じて疑わなかった。だが死ぬほどの苦痛を耐えられるとまでは思えなかった。無理だと決めつけて、怪我をする前に、命を落とす前に飛行をやめさせようとしていた。けれど、そうではないのだ。

同じ竜の契約者として必要だったのは、彼とともに飛び、彼とともに墜ちること。

彼を信じて見つめ続けていれば、いつか呪いを解く方法が、痛みを軽減する方法が見つかるかもしれない。

(わたしにできるすべてのことを)

リオノーラは胸の前でぎゅっと拳を握りしめた。

夜、ハーヴェイは竜具を抱えていつものように竜舎の扉をくぐった。

制服の袖に隠れて見えないが、腕に刻んだ無数の切り傷がじくじくと疼く。飛行訓練中に気を失いそうになるたびに自分で自分を傷つけた。激痛を激痛でこらえようというのは我ながらいよいよ頭がおかしくなったとしか思えない。

おまけに最近、空の呪いによる苦痛が長引くようになってきた。長時間飛び続けたことによる弊害だろう。地上に降りてからも痛みが残るのは勘弁してほしいところだ。

（これから飛ぶっていうのに、気が重くなるなんてね）

竜が好きだ。竜騎士団が好きだ。飛ぶのが好きだ。

はじめて竜の背に跨り、風に乗って飛んだときから空を愛している。

だが、いまはその愛する存在に呪われて、このざまだ。

最愛の恋人に裏切られ、憎まれるのはこんな気持ちだろうか。あいにくと、女性に本気で入れ込んだことがないので、ぴんとこない。

（みんな大好き竜騎士団長様が情けないったらないね……ん？）

ハーヴェイは竜房の並ぶ通路を進む途中で足を止めた。

一番奥の房の前に座り込んでいた小柄な人影が、こちらに気づいて立ち上がった。手には鞘に納めたままの剣を抱えている。竜騎士の制服に身を包んだ少女だった。

「差し違えてでもやめさせようって？　そういう心意気は結構好きだよ。可能かどうかは別としてね」

しかし、リオノーラは首を横に振った。

「いえ。今日は折り入って、お願いがあるんです」

「試合を棄権しろっていうのはなしだよ？」

「わかってます。そうではなくて、わたしも一緒に飛ばせてください」

ハーヴェイはまじまじと見つめてしまった。

リオノーラはしっかりと視線を受け止め、菫色の双眸で睨むように見つめ返してくる。

「わたしもアクセルの契約者です。あなたは団長で、わたしは見習いですけど、でも契約上では対等のはずです。団長が墜ちるなら、わたしも一緒に墜ちます」

いい目だ、と思った。

少し前までの甘さがなりをひそめ、精いっぱい研ぎ澄まされた眼差しは凛とした意思の光を宿して、ただひたすらに強く、美しい。

（こんな顔をする子だったかな）

彼女のことはずっと、大鷲の集団に紛れ込んだ白鳥の雛だと思っていた。いつか白鳥として美しく成長し、元の世界に戻っていくものだと勝手に決めつけていた。

しかし、実際はどうだ。この雛は本気で大鷲になろうとしている。

「……あんた、変わったたな」

「だとしたら、わたしを変えたのはあなたです」

ハーヴェイは思わず目を見開いた。

リオノーラは少し恥ずかしそうに伏し目がちになりながら、続けた。

「空の呪いの件で、わたしに考えがあります。一緒に飛ばせてください。そうしたらきっと、力になれると思います」

何か思いついたことがあったようだ。本当にもう止めるつもりはないらしい。

ハーヴェイは苦笑して、竜房の中へ目を向けた。強面の竜は四つの肢で身を起こし、こちらも挑むような眼差しを向けてくる。

「俺のいないところで仲良くなりやがって。妬くぞ？」

ふん、とばかりにアクセルが鼻息を漏らし、長い尾で敷き藁を叩いた。彼もその気ならば、乗せてもらう側の人間がどうこう言ったところで意味はないだろう。

「わかったよ。正直、手詰まりだったんだ。その考えってやつを教えてくれ」

「……はい！」

第五章　竜騎士たちは空で踊る

かくして竜上三種試合『虹架の騎士決定戦』当日を迎えた。

会場は王宮のはずれにある円形闘技場だ。闘技場を見下ろす観客席には既にたくさんの人々が集まり、開始の瞬間を待ちわびている。その多くは廷臣や文官、騎士や兵士に侍女や使用人といった王宮内で働く者たちだが、この日は城門が開放されたこともあって、王都に暮らす庶民たちも多数詰めかけた。

観客席には屋根がついているが、矢や槍などの武器が飛んでくる危険があるので、大会に参加しない竜騎士たちが警備についている。

その闘技場の控え室では、試合を控えた竜騎士たちが思い思いの場所に陣取ってくつろいでいた。

本を読んだり瞑想したり、あるいは昼寝をしたりと試合前の過ごし方は人それぞれだが、場違いな声があちこちから響くせいでみなあまり集中できていないようだった。

「まだ信じられませんわ！　私たちが竜の背に乗れるなんて！」

「あたし、竜に乗るのはじめて！　墜ちたりしないかなあ？」

「大丈夫だよ、おれたちは竜騎士様たちと違って命綱をつけていいんだから」

〝同乗者〟に選ばれた使用人たちが興奮を隠さずにはしゃいでいるのが原因だ。

かくいうリオノーラも、彼らの方が気になってちらちらと見てしまう。

「こんな試合ってありえるんですか？」

「婚礼の儀では竜の背に二人掛けの席を設置して、さらに新郎新婦を乗せて飛ぶわけですからね。その大役を決める大会ともなれば、特別ルールが適用されて当然でしょう」

カルロが涼しい顔をして説明する。

今回の竜上試合では、参加者は自身の竜に同乗者を乗せて飛ぶという特別ルールが設けられた。同乗者は命綱の着用が許可される代わりに、試合への関与を禁止されている。

ハーヴェイがリオノーラの申し出を受け、大会の主催者であるライオネルにかけ合って急遽取りつけたのだ。

「では、今回の試合でも新郎新婦用の座席を設置するんですか？」

「まさか。さすがに試合の邪魔になります。同乗者は命綱をつけて参加者の後ろに跨るだけですよ」

「よかった。それならなんとかなりそうですね」

リオノーラはもちろんハーヴェイの同乗者として試合に参加する。

(わたしが団長の命綱になるんだ)

それだけではない。もしも彼が空で気を失いそうになったら、叩いてでもつねってでも呼び戻すつもりでいる。

「……全然よくないぞ」

地を這うような声に振り向けば、ハーヴェイが床に尻をついた格好で、配布されたトーナメント表をげんなりした顔で眺めている。

「なんで俺だけ一試合多いんだよ。実力的にはシードだろ？」

「あなただけではありませんよ。ジェレミアも同じ仕打ちを受けています」

「お二人とも、ライオネル殿下に愛されてるんですね……」

リオノーラはちらりと肩越しに後方にいる竜騎士たちを覗き見た。

ジェレミアがあきらかに落ち込んだ様子で壁に額を押しつけており、エリアスが肩に腕を回してまあまあとなぐさめている。

順調に勝ち上がっていけば、ハーヴェイは準決勝でエリアスと、決勝でジェレミアと当たることになる。ハーヴェイとジェレミアがトーナメント表で両極端にわかれているのは、第二王子を虹架の騎士に推したがっている者たちへの配慮なのかもしれない。

「こんだけお膳立てさせといて、一回戦負けだけはするんじゃねえぞ」

野太い声に振り向けば、ブライアンが近づいてきていた。彼の左腕には大会役員を意味する腕章がかけられている。

「ご隠居、何しに来たんだよ。同乗者役でもやるのか？　重たそうだけど」

「アホ、審判を頼まれたんだよ。そういうおまえこそ、体調は平気なのか？」

周りに聞こえないように小声で訊ねてくる。なんだかんだいって彼も心配らしい。

「地上にいるかぎりは元気」

「なんの意味もねえな」

容赦のない言葉を浴びせられて、ハーヴェイは困ったように笑った。

「ま、なるようになるさ。それなりに対策も考えてきたし。なあ、ノーラ？」

「はい！」

あれからハーヴェイとは何度も飛行訓練を行った。空の呪いに関してわかったこともある。今回のような場所の限定された大会ではじゅうぶん活用できるだろう。

（根本的な解決にはならないけど、まずは負けないことが大事！）

リオノーラは両手で自分の頬を叩いて気を引き締めた。

「期待しないでおくよ。じゃあ、試合でな」

ブライアンがひらりとおざなりに手を振って去っていくと、彼と入れ替わりに大会実行委員の腕章をつけた文官が呼びに来た。

「第一試合、ハーヴェイ・ボルドウィン、ノーラ組、オスカー・リットン、エリカ・コナー組、飛行準備をはじめてください」

対戦相手の竜騎士と乗客役の侍女が立ち上がった。

ハーヴェイが装備一式を持って立ち上がり、対戦相手の乗客を一瞥した。侍女は流れ矢などに当たったときのために革の全身鎧をまとっている。

「あんたは防具をつけなくていいのか？」

振り返って少し心配そうに確認してくる。完全防備の侍女に対して、リオノーラは竜騎士の群青色の制服姿から腰の剣を外しただけの格好だ。

「団長の後ろに乗るんですよ？　流れ矢なんて、一本も当たりませんよ」

「嬉しいことを言ってくれる」

ハーヴェイはにやりと嬉しそうに笑って手を伸ばし、リオノーラの髪をくしゃくしゃと撫で回した。

風が駆け抜け、竜が滑空する。

リオノーラは手綱を操るハーヴェイの腰にしがみつきながら、秒数を数えていた。邪魔だからと押しつけられた矢筒と弓が、背中でかしゃかしゃと鳴っている。

「もうすぐ三分です！　高度一二〇」

「……っ！」

ハーヴェイが鐙を踏みしめ、腕を伸ばして剣を振るう。

併走飛行をする竜の真横で、アクセルは垂直の体勢で飛翔している。慣れない角度からの攻撃に、対戦相手のディックは防戦一方になる。彼の後ろでは、全身を革の鎧に包んだ侍女がレリーフの騎士像のように固まっている。

リオノーラは懸命に首を巡らせて、闘技場やその周辺の建造物から自分たちのいるおおよその高さを把握する。

（高度一二〇から一三〇くらい？　一五〇を超えたら危ない）

あれからハーヴェイとの飛行訓練を繰り返して、わかったことがある。それは彼が空で耐えられる時間と、かろうじて苦痛をこらえられる高度だ。

苦痛にさいなまれている状態のハーヴェイには、ぎりぎりのラインが見極められない。だからリオノーラが観測係となって、見極めるのだ。

三回戦まではそれで乗り切った。四回戦も切り抜けてみせる。

「高度を下げてください！　これ以上は危険です！」

「わかっている！」

だがアクセルは相手の竜との併走飛行を続けた。

竜騎士と竜は騎乗飛行中、無言で意思の疎通ができる。つまりハーヴェイの指示でそう飛んでいるのだ。危険だとわかっていても、試合の進行上やめられないのだろう。四回戦ともなれば相手も強くなる。対戦相手のディックは小隊長だ。

一合、二合。剣と剣がぶつかって弾かれたその隙にと、ディックは竜に指示を送り、急上昇させる。ハーヴェイの呪いを利用する策に出たのかもしれない。

追いかければ高度が危険域に達し、確実に空の呪いの餌食となるだろう。だが、上を取った相手に対し下で待ち構えるのは得策ではない。

「団長、高度を――」

「却下だ」

ハーヴェイからの返答とほぼ同時に、アクセルが急上昇をはじめた。

まただ。きちんと観測して伝えても、試合状況によっては無視される。

「ぐっ……」

高度が上がったことで、空の呪いによる苦痛が増したのだろう。しがみついた肌越しに、かすかな呻き声が伝わってくる。リオノーラの位置からは彼の横顔しか見えないが、頬や首筋に汗の粒がびっしりとへばりついている。相当無理をしているのだろう。

南中にのぼった太陽の光を背景に、ディックが矢を放ってくる。それをハーヴェイはことごとく剣で払い落とした。

アクセルがさらに急上昇し、一瞬にして相手の竜を抜き去る。

高度はとうに危険域を超えている。

まずい、と思ったときには、しがみついていた体から力が抜けたのを感じた。ハーヴェイの手から剣がすっぽ抜けて、地上へ落ちていく。

「団長、しっかりしてください！」

気を失わせまいと、リオノーラは必死に背中を叩いた。ハーヴェイの体に力が戻る。

アクセルが急旋回すると、とたんに両者の竜が背を向け合うかたちになる。

ハーヴェイは持ち替えた槍を両手で突き出した。刃を潰した穂先がディックの喉元へと急激に迫り、寸前でぴたりと止まる。

「参りました！」

ディックが両手を挙げてみせると、少し離れたところに竜を飛ばしていた審判役のブライアンが笛を吹き、ハーヴェイを示す赤い手旗を上げた。

はるか下の闘技場から歓声が響いてくる。

とたんにしがみついていた腰から力が抜け、重たい背中がのしかかってくる。

「団長⁉　アクセル、すぐに降りて！」

賢い竜は遠心力でハーヴェイが倒れないように調整しながら、ゆっくりと弧を描いて高度を下げていった。

試合を終えて地上へ降りたときには、ハーヴェイは意識を取り戻していた。

足元がおぼつかないながらも、リオノーラやカルロ、そこへ対戦したディックも加わって背中を支えようとするのをやんわりと拒否して、自力で控え室まで戻っていく。

だが顔色が悪く、憔悴しきっているのは誰の目にもあきらかだった。彼の話によると、呪いによる苦痛は空から降りた後もしばらく続くらしい。

「団長はどうしちまったんだ？」

「もしかして例の、空の呪いってやつじゃ？」

「ふらふらじゃねえかよ。次の試合大丈夫か？」

すっかり噂になってしまっている。こんな状態でみなのいる大部屋に連れていったら質問攻めにあいそうだ。

カルロの方をうかがうと、彼もわかっていたらしく神妙にうなずいた。

「別の場所に行きましょう。空き部屋があるといいのですが」

「わたし、部屋を借りられないか聞いてきます！」

「……いい。いらない」

ハーヴェイがひとりでふらふらと歩いていってしまう。

「どこへ行くんですか」

リオノーラは慌てて追いかけた。控え室の前を通り過ぎ、廊下を抜けて闘技場の外に出る。確かに大勢のいる控え室よりもはるかにいい。人気はなく、風が気持ちいい。

ハーヴェイは日陰になっている壁際に背中を預けると、そのまま足を放り出すように座り込んだ。またかなりの汗をかいている。リオノーラは彼のかたわらに膝をつくと、ハンカチで頬の汗を拭った。よほどつらいのか、反応が薄い。

「カルロさんも次は試合ですよね？　相手は……あっ」

トーナメント表を指で辿って気がついた。エリアスだ。

「案の定、エリアスが勝ち上がってきましたね。若手ではジェレミアについで二番手だと思っていましたが、私が見たところではジェレミアより上です。ジェレミアに遠慮したか、目立たないように手を抜いていたのかもしれません」

「……そうか」

せっかくの試合情報にも上の空だ。いまはあまり話しかけない方がよさそうだ。

「できるだけ時間を稼いで体力を削ってきます、と言いたいところですが、そうさせてもらえるかどうか。団長をお願いしますね」

カルロが部屋を出ていくのを見送ってから視線を戻すと、ハーヴェイは目を閉じていた。眠ったようだ。激痛に耐え続けて体力を消耗したのだろう。硬くごつごつした壁に寄りかかっているので、無理な体勢がきつそうだ。

リオノーラはそっとハーヴェイの肩を引っ張り、体を横たえさせた。

自分の膝に彼の頭を載せ、黒髪を手で撫でつけてみると、心なしか少し呼吸が穏やかになった気がした。空の呪いにも、魔力による鎮静効果はあるのだろうか。

「痛みがやわらぐのなら、一生抱きしめていてもいいのに」

自分でつぶやいておきながら苦笑した。我ながら馬鹿な考えだ。一生抱きついていたらどうやって生活したらいいのだろう。まったく現実的ではない。

「本当？」

独り言に反応があった。

ハーヴェイがいつの間にか目を開けており、藍色の眼差しがいたずらっぽく見上げている。変なつぶやきを聞かれていたとわかって、羞恥で顔が熱くなった。

「起きてらしたんですか⁉　人が悪いですよ！」

「ノーラちゃんがせっかく膝枕してくれてるのに、寝たらもったいないだろう？　記憶に刻まないと」

「ふざけないでください！」

「それよりさっきの、本当？　一生抱きしめてていいって」

膝の上からくすくすと見つめられて、気恥ずかしさに耐えきれずそっぽを向く。

いまごろ気がついたが、膝枕はわりと距離が近い。長身の彼とは普段あまり顔が近くなることはないから、こんなに近くてはどんな顔をして話せばいいのかわからなかった。

「……で、ですが、空であれだけ抱きついていても効果はなかったわけですし……」

「そうかな？　密着の仕方が足りなかったのかもしれないよ」

ハーヴェイがのっそりと起き上がった。リオノーラと向かい合うように座り込み、顔を覗き込んでくる。

「もっと、そう直接触れ合ってみるとか、さ」

「手を握る、とかでしょうか」

「それもいいけどね」

差し出した手を搦め捕られ、ぐいと引き寄せられる。自然とリオノーラは前のめりになり、ハーヴェイとの彼我の距離がさらに短くなった。

「魔力がより多くにじみ出ているのは頭部と胴体だよ。とりわけ多くの魔力や生命力が出入りしているのは唇だと言われている」

ハーヴェイの手が頤に触れた。頬を軽く包み込まれ、親指の先が下唇をかすめる。

何を提案されているのか、いかに鈍いリオノーラでもわかった。心臓が緊急事態とばかりに早鐘を打ち鳴らし、体が緊張で固くなる。

気力を振り絞って、彼の顔に目を向ける。穏やかな表情をしているが、疲労の色が濃い。

まだ相当痛むのだろう。

せめて、次の試合だけでも万全の状態で送り出したい。

(そのためなら——)

リオノーラは覚悟を決めて、目を閉じた。

心もち顔を上向きに持ち上げると、近くではっと息を呑む気配がした。頤に触れる硬い手に少しだけ力がこもり、顎をそっと支えられた。

額に、ふわりと自分のものではない髪が触れる。

ややあって、額に何か柔らかいものが触れた。想定外の場所への接触にびっくりして思わず目を開けると、ハーヴェイが顔を離しているところだった。

頬が燃えるように熱くなった。

「からかったんですか!? ひどい! 最低です!」

「いやいや、からかったつもりはないよ。ただ……いまの俺、すごくかっこ悪いからさ。こんなかっこ悪いやつが、お姫様の唇を奪っちゃだめでしょ」

冗談めかしつつも、自嘲じみた物言いにはっとさせられる。

周囲が心配する以上に、彼自身が誰よりも自分の状態をわかっているはずだ。自由に動かない体にどれほど苛立ち、苦しみ、絶望していることか、他人には推し量れない。

リオノーラにできるのは、事実を述べることだけだ。

「団長さんは、かっこいいですよ」

気がつけばそう口に出していた。

「どんなにつらくても、苦しくても、やると決めたことをやり通そうと頑張る人が、かっこ悪いわけがないです」

こんな小娘に言われてもなんの慰めにもならないかもしれない。

だが、見てきたのだ。

自分の目で、アクセルの目を通して、逆境の中でもがく彼をずっと見てきたのだ。

「わたしも、団長みたいにかっこいい女になりたいです。いまはまだ、団長にしがみついて命綱になるのがやっとですけど……でもいつか、団長に背中を預けてもらえるような、立派な竜騎士になってみせます！」

それはただのノーラとしての決意表明だった。

ハーヴェイの域に近づきたい。背中を預けてもらえるくらいの竜騎士になりたい。

この人の目に映る世界と、同じものを見てみたい。

ハーヴェイは目を見開いて、何か信じられないものを見つけたかのような目を向けてくる。それからどこか嬉しそうに苦笑して、立ち上がった。

「まいったね。俺は間違っても、人の手本になるタイプじゃないのに」

手を差し出される。その手をしっかりと掴むと、強く引っ張り起こされた。

「力を貸してくれるか？」

　思わず見上げると、疲労の色が濃い、だがまだ諦めていない眼差しがある。

「可愛い見習いに手本を見せたいんだが、このとおりなんでね。力を貸してくれると嬉しい。いまの俺にはあんたの力が必要だ」

　必要、の一言に気持ちが抑えられなくなり、リオノーラは唇をぐっと嚙みしめた。そうでもしなければ涙が溢れてしまいそうだった。

「はいっ！」

「じゃ、早速だけど景気づけに一発引っぱたいてくれない？　気合いを入れたい」

　ハーヴェイが自分の左頬を指差して催促してくる。

「ええっ⁉　できませんよ、そんなこと！」

　相変わらず顔色を悪くしている人に張り手などできるわけがない。

「どうしても無理？」

「無理です！」

「じゃあ、一発かましたくなることを言おうか——さっきの膝枕、すごくよかった。弾力がほどよくて、いい匂いが」

　手が勝手に動いていた。ぱあん、と派手な音が響き、手のひらがじんと痺れる。

　ハーヴェイがたまらず頬を押さえてうずくまった。

「……思ってたより強烈なのがきた……」

「馬鹿、変態！　軽薄男！　お館様にセクハラされたって言いつけますから！」

「それはやめてくれ、悪かったから」

ハーヴェイは赤く腫らした頰を気にしながら、ふと空を見上げた。

「——アクセルも、いままで悪かったなあ」

つられて振り仰ぐと、大きな翼を広げた巨体が風を巻き起こしながらゆっくりと降下してくるところだった。煽りを受けて、髪や衣服の裾がふわりと舞い上がる。

「俺はずっと〝竜殺しのハーヴェイ〟であろうとしすぎていたのかもしれない。なりゆきで団長になって急に重たいものを背負わされて、自分がなんとかしなきゃって気負っちまって、周りが見えなくなってたんだろう……そりゃカルロに見放されるわけだ」

リオノーラはあえて彼の誤解を指摘しなかった。

カルロはハーヴェイを見放してはいない。見放していたら、退職願が受理されなくとも勝手に竜騎士団を辞めていただろう。口に出さなかったのは彼の意思を尊重したからだ。

「一人でどうにかしようとするから、すぐ身動きがとれなくなるんだ。竜騎士は、竜がいてこそ。俺たちは三人で一つなのに」

アクセルがいまごろ気づいたのかと言わんばかりに鼻先を突きつけてくる。その鼻筋を、ハーヴェイが笑いながら撫でた。

それからしばらくして準決勝での対戦相手が決まった。カルロを破ったエリアスだ。

「はじめ！」

審判役のブライアンが手を振り上げると、互いの竜が大きく跳躍した。

リオノーラはハーヴェイの動きを阻害しないよう気をつけてしがみつく。

空の呪いの影響を避けるためにはできるだけ低い位置で戦いたいところだが、あいにくとこちらの事情は対戦相手にはばれている。エリアスの竜が上を取ろうとすれば、ハーヴェイもアクセルをさらに上昇させるしかなかった。

わずかに上を取ったエリアスが弓を構え、次々と矢を放ってきた。それらを剣で弾きながら、ハーヴェイが何かに気づいて舌打ちする。

「なるべく俺の体を盾にして隠れていろよ」

「どうしたのですか？」

「試合用の矢じゃない。こっちが弱ってると知って、本気で殺しにかかってきた」

リオノーラは絶句する。

ハーヴェイが空の呪いの影響で疲弊しきっていることは、前の試合を観ていれば誰の目にもあきらかだった。

「でも、試合中ですよ⁉　武器の反則なんてすぐにばれますし、対戦相手を死なせてしまったら、仮に優勝しても虹架の騎士の資格は剝奪されます！」

「エリアスの目的は優勝じゃないってことだろう。だいたいわかったぞ」

何が、と問いかけた声は、頭上から襲いかかる風圧の前に消し飛んだ。

エリアスが竜の飛行姿勢を大きく傾けさせ、剣を振り下ろしてくる。ハーヴェイは身をよじり、剣で受け止めた。交差する二本のうち、もちろん片方は刃が潰されていない。

一合、二合とやり合って相手の剣を押しやると、急いでアクセルを飛び退かせる。下手に回れば不利になる。

互いに契約竜の背に跨り、競争するように上昇していく。

（あれ？）

ふと、リオノーラはいままでと見える風景が変化していることに気がついた。

闘技場のほぼ真上で、天候も風景も変わっていないのに、色が全然違う。

（風が、見える……⁉）

不思議な感覚だった。

周囲を流れる風の流れが、きらきらと輝いて見えるのだ。それどころか、ハーヴェイがアクセルに意識下でどんな指示を送っているのかまで、手に取るようにわかる。

（もしかして、竜騎士になると視えるっていう……）

　感覚の共有によって、竜と竜騎士は意思の疎通を行っているという。アクセルと契約しているとはいえ魔力供給係であるリオノーラは、実際に体感するのははじめてだ。

『絆が深まれば深まるほど、感覚の共有が起きやすいと聞いたことがあります』

　ふとカルロの推論を思い出す。

　何がきっかけかはまったくわからないが、ハーヴェイとの絆が深まったために、ハーヴェイやアクセルの感覚を感じ取れるようになったのだろうか。

　だが推論は半分当たって、半分は的外れだったようだ。

「ぐっ……！」

　ハーヴェイはいまも苦しんでいるというのに、リオノーラはなんともない。彼が受けている呪いの共有や折半などの現象は起きていない。

「二分経過！　高度一三〇です！」

　経過時間と高度を報告しながら、彼の腰に回した手に力を込める。

（呪いに負けないで）

　痛切に願いながら周囲に首を巡らせているうちに、妙なものに気がついた。

　視界の隅に赤っぽいものがちらちらとよぎっている。

　いったいなんだろう、と顔を上げて気がついた。

ハーヴェイの首の後ろ、延髄のあたりから赤く透き通った紐のようなものが伸びている。

いや、どこかから伸びてきたそれが首に刺さっていると言った方が正しいだろうか。

地上で竜の背に跨ったときにはなかったものだ。さらにいえば、もっと高度の低かった頃にもこんなものはなかった。

(何、これ)

リオノーラは赤透明な紐を辿って振り仰ぎ、絶句する。

頭上から、巨大な黒い影が覆い被さるように追ってきていた。

エリアスの騎影ではない。そんなものとは比較にならないほどの質量は、まるで動く要塞だ。天を覆うかのような圧倒的な存在感に打ちのめされて、言葉を失う。

ごつごつとした無骨にしておそろしい輪郭には、見覚えがあった。実際に自分の目で見たものではない。アクセルを通して視たものだ。

かつてハーヴェイと契約竜レックスが撃墜した、鯨竜戦艦だ。

半透明の紐は、鯨竜の腹から伸びているようだった。よく見ると紐はときおり赤く点滅するように輝いており、そのたびにハーヴェイの喉元から苦しげな声が漏れている。

竜殺しの魂を削り、吸いとろうとする呪いの管だ。

空の呪いは、殺された竜の恨みが強ければ強いほど痛みも強くなり、竜との絆が深ければ深いほど痛みも深くなるという。

ハーヴェイが苦しんでいる理由は後者だと思っていた。だが違ったのだ。

（殺された鯨竜の恨みだったの――）

鯨竜の亡霊は自身も天へと引っ張られながらも、懸命にハーヴェイへと呪いの管を伸ばしている。高度が上がれば上がるほど苦痛が増していたのはそのためだろう。

「団長、上ですっ！」

ハーヴェイが力なく振り仰ぐが、その目が見つけたのはエリアスの竜だ。あんなに大きいのに、鯨竜が見えなかったのか。きっとそうだ。彼には視えないのだ。

――管を切れ。

誰かに言われた気がした。声でも、声なき声でもない。意思が流れてきたのだ。

（アクセルなの？）

返答はなくても、他に考えられない。

リオノーラは言われるままに、ハーヴェイの延髄に埋もれている呪いの管の根元を掴んでみた。だが指が、手のひらがすり抜けてしまう。実体ではないのだ。

突然、アクセルが上昇をやめ、旋回した。闘技場の上空に尾を向けて加速する。

「どこへ行く気だ！　戻れ！」

ハーヴェイの指示ではなかったようだ。すぐにエリアスたちが追いかけてくる。

「逃げるのか、ハーヴェイ・ボルドウィン！　みずからの竜を犠牲にした腰抜けの竜殺しめ！　やはり貴様は竜騎士団長にふさわしくない！」

遠巻きに試合を管理しているブライアンの方からも、闘技場の上空に戻れという警告の笛が響いてくる。

「アクセル、戻れ！」

再三の要請を無視して、アクセルは飛んでいく。彼の意図が漠然と伝わってくる。リオノーラが呪いの管を切るまでの時間稼ぎをしてくれているのだ。

(やってみるわ。でも、どうしたらいいの？　この管、実体がないのよ)

――魔力を込めよ。

また誰かの意思が伝わってくる。手に魔力を込めて摑めという意味か。だがどうやれば魔力を込められるのかわからない。もともと手に流れる魔力では足りないのか。

ふと、脳裏に弓を引くイメージが浮かんだ。

何をすればいいのかわかった気がした。

リオノーラは右手をハーヴェイの腰に回したまま、呪いの管の根元に左手を翳した。

想像の中で弓を構える。右手で弦を絞れば、左手の先には矢の鏃がある。はじめてハーヴェイから手ほどきを受けたときのことを思い出しながら意識を高めた。

（集中しなさい。残心、体ごとぶつかるように！）

イメージの矢を放つ。

ぷつん、と呪いの管が切れた。

空が震えるような咆哮が降り注いでくる。鯨竜の亡霊がもがき暴れていた。天に吸い込まれながら必死に抵抗し、大きな鰭状の前肢で空を掻いている。

（あなただってつらかったのよね。洗脳されて、兵器にされて）

意思に反して大量殺戮の道具にされて、悔しくて苦しくて、悲しかったに違いない。戦争の一番の被害者はこの鯨竜だろう。

（ごめんなさい。人間を恨まないでなんて、そんな勝手なことはとても言えない。いくらでも恨んでいいわ……でも、もう団長を解放してあげて）

鯨竜の亡霊が天へと吸い込まれていく。

その巨体が途中で光に包まれて見えなくなる瞬間、すぐ近くを青みがかった鱗の翼竜が飛んでいるのが見えた気がした。

自身を殺した者にしがみつくことで現世にとどまっていた鯨竜の魂は、呪いの管が切れたことでようやくあるべき場所へ還っていったのだ。

「……何が起きた？」

ハーヴェイが肩越しに振り向いた。毒気を抜かれた顔をして、信じられないものを見るような目を向けてくる。疲労の色こそ濃いが、苦痛をこらえている様子はない。

急いで周囲を見回す。高度一五〇。危険域を超えている。

嬉しくて、涙が出そうになった。

「空の呪いは解かれました。もう大丈夫ですよ、団長！」

「……あんたがやったってのか？　いったいどうやって」

その問いには、とびきりの笑顔で答える。

「優勝したら教えて差し上げます」

ハーヴェイが声をあげて笑った。すぐさま景気よく頭をはたかれる。

「痛っ！　何をするんですか！」

抗議の声をあげたときには、既に彼はこちらを見ていなかった。目の前の相手に集中する、ぴりっとした空気が伝わってくる。

「ノーラちゃん最高。了解した、すぐにかたをつけてやる！」


アクセルが大きくターンをした。

まさしく水を得た魚のようにいきいきと飛ぶ竜の背で、ハーヴェイが剣を振るう。

突然引き返してきたせいで、追走中のエリアスは一瞬面食らったようだ。だがすぐに速度を落としながら剣を繰り出してくる。

互いの竜が競うように位置を入れ替える中、ハーヴェイとエリアスが剣を交錯させる。

一合、二合、三合。剣戟の音が高らかに鳴り響く。

力が拮抗しているように見えて、そうではないのだとリオノーラにはわかった。

(団長、すごく楽しそう)

殺気を隠そうともしないエリアスに対して、ハーヴェイはまるで可愛い後輩に稽古でもつけてやっているかのように相手をしている。それが伝わっているらしく、エリアスはムキになっており、結果、攻撃が雑になってさらに攻め込まれる。

「さっき、俺を竜騎士団長にふさわしくないって言ってたな？　なら、誰だったらふさわしいって言うんだ？」

「くっ……」

「ああ、無理して答えなくていいぞ。どうせジェイミーだって言いたいんだろう？」

リオノーラは思わずハーヴェイを見て、次いでエリアスを見た。

剣でも言葉でも追い込まれた彼が、苦しげに顔を歪めている。

「ライオネル殿下のために竜騎士の道を選んだ王子様の方がふさわしいっていうやつら、嫌っていうほど見てきたからな。まあ、いずれはあいつに団長の座を譲ってやってもいいが、さすがにまだ早い」

「……早くなど、ない！」

エリアスが繰り出す反撃を、ハーヴェイはこともなく剣でいなす。

「ジェレミア殿下は貴様が団長代理になった歳とほとんど変わらない！　いまは経験が足りないかもしれないが、周りの者が支えていけばすむ話だ。罪深い竜殺しに比べれば、ジェレミア殿下の方が何倍もふさわしい！」

いつも親しげな口を利いていたのは真意を隠すための演技だったのだろう。臣下があるじを慮るような口ぶりに、ハーヴェイが残念そうに目をすがめる。

「『ジェレミア殿下』ねぇ。それを聞いたらあいつ、怒るぞ」

下方からすくい上げるような一撃が、エリアスの剣を弾き飛ばした。その隙にハーヴェイが鐙を蹴って隣の竜に飛びうつる。

エリアスは慌てて槍に手をかけたものの、懐に飛び込まれてからでは遅い。剣先を喉に突きつけられて動きを止める。

「降参しろ。ついでにお仲間や、おまえに命じたやつの名前も教えてほしいね」

「答えるつもりは、ない」

エリアスの体が後ろに傾いた。鐙から足を離し、空へと身を投げる。

ハーヴェイが慌てて手を伸ばそうとした瞬間、竜が横に倒れた。

おそらくエリアスの指示だろう。ハーヴェイが竜の背から振り落とされる。エリアスの同乗者も放り出されたが、こちらは命綱のおかげで宙づりになった。

「アクセル！」

リオノーラが頼むまでもなかった。アクセルが急降下をして先回りし、ハーヴェイを背中に拾い上げる。

だがその頃には、エリアスははるか下だ。急いで追いかけるが、間に合わない。

無防備な体が闘技場の床に叩きつけられるかと思われた瞬間、横手から滑るように飛来した竜がエリアスを大きな口で受け止めた。

その背に跨っているのは、黒い眼帯をした審判だ。

「お館様！」

リオノーラが歓声をあげ、ハーヴェイが口笛を吹く。ブライアンはわざとらしく汗を拭うしぐさをしてみせた。

「ひやひやさせてくれるぜ、まったく」

審判には試合中に竜騎士が墜落した場合、救出する役目もある。

リオノーラたちが闘技場まで降下すると、ブライアンは竜に命じてエリアスを床に降ろさせた。これによって、彼の敗北は決まった。

気がつけば、闘技場の中に衛兵たちが集まってきている。空で起きていたことがある程度伝わっているようだ。

ハーヴェイが竜の背から飛び降りると、すぐにカルロが駆け寄ってきた。

「殺されるのではないかと思いましたよ。退職願がまた一枚無駄になりました」

「俺の便箋を使ってるんだからいいだろ。にしても、なんかおおごとになったな」

「こんなものが落ちてくれば当然だ」

そう言いながら近づいてきたのはジェレミアだ。

手に一本の矢が握られている。通常の鏃のついた矢だ。もちろんエリアスが放ったものだ。大会での使用は禁止されている。ハーヴェイへの殺意はあきらかだ。

ジェレミアは茫然と座り込む敗者を見下ろして、眉をひそめた。

「おまえの家が竜殺しを忌み嫌っていることは知っていた。おまえの父親が僕を団長にしたがっていることも。だが、おまえは違うと思っていた」

矢を握りしめた拳が小刻みに震える。

エリアスがはっと我に返り、顔を上げて抗弁する。

「ジェレミア殿下、俺は御身を思って……」

「おまえは誰だ。そんな口を利く男を、僕は知らない――捕らえよ」

なりゆきを見守っていた衛兵たちが、王子の合図に殺到する。

あっという間に捕縛されたエリアスはがっくりとうな垂れており、特に抵抗もせずに連行されていった。

「いつまでそこにいるつもりだ。次は僕の試合だ。退け」

「あ、ごめんなさい！」

リオノーラが慌てて竜の背から降りると、身軽になったアクセルが翼を広げて飛び立っていく。本来は所定の場所で待機していなければならないのだが、あの竜が自由すぎることは周知されているので、誰も気に止めない。

ジェレミアがハーヴェイのもとへ近づいていった。

「僕にはエリアスの単独犯だとは思えない。禁止されている武器を持ち込めた点を鑑みても、協力者や仲間がいるはずだ」

「俺もそう思うよ」

「必ず黒幕の名を吐かせる。それと……今日は友人が失礼をした。代わって謝罪する」

少し目を伏せてから、決然と挑むように睨みつけた。

「いずれ実力で団長位から引きずり下ろす。その手はじめに、僕が優勝する」

「楽しみにしているよ。決勝で会おう」

ハーヴェイが笑って答えると、ジェレミアは不機嫌を隠そうともせずにフィールドに上がっていった。次の試合に備えて待ち構えていた竜の背に飛び乗る。

（ジェレミア先輩、『友人』って言ってた）

誰だと突き放しておきながら、言葉とは裏腹に友情は失われていない。過ちを犯したエリアスがいつか罪を償い終えれば、彼はまた友として受け入れるのだろう。

「何をにやにやしているんだ？」

ハーヴェイに上から覗き込まれて、リオノーラは慌てて頬を押さえた。

「に、にやにやしてました？」

「してましたー。どうしたんだ？」

「いえ……わたしも男の子に生まれたかったなって思いまして」

するとハーヴェイは目を丸くした後、なぜか眉根を寄せて腕組みをした。

「確かに、ノーラが男だったら俺はここまで悩まなかったなあ」

「うっ、そんなに迷惑をかけてました？」

「そういう意味じゃないんだが、自覚がないのがおそろしいよねえ」

頭を掻きながらぼやくハーヴェイに、すかさずカルロが視線を鋭くさせた。

「団長、いけませんよ。絶対にいけません」

「……わかってるよ。おっかないな」

二人が何を言っているのかさっぱりわからない。

「何がいけないんですか？」

「いやいや、こっちの話だから気にしないで」

軽く肩を叩かれて、控え室の方へ促される。

「荷物を置いたら観戦しよう。敵情視察だ」

「はいっ」

リオノーラは急いでハーヴェイの後を追いかけた。


しかし、ハーヴェイとジェレミアの試合が行われることはなかった。

気丈に振る舞っていても友人の逮捕(たいほ)に動揺(どうよう)していたのか、調子を崩(くず)したジェレミアは準決勝で敗退してしまった。

そして決勝の相手を倒したハーヴェイが優勝し、正式に虹架の騎士に任命された。

終章　祝福の鐘を鳴らせ

初夏のさわやかな風の吹く某日、ヴァンレイン王太子ライオネルとシャーロット王太子妃の婚礼の儀はつつがなく行われた。

二人は王都にある大聖堂で永遠の愛を誓った後、虹架の騎士が手綱を引く竜の背に乗って、エルタト神殿へと続く空の道を渡っていった。

彼らを護衛する騎竜たちにかけられた色とりどりの帯が風に靡くさまは、さながら虹の架け橋のようだったと伝えられている。

その日、竜騎士団宿舎の食堂には、とある少女の嗚咽が日が暮れるまで響いていた。

「ううっ、シャーリー……ついにお嫁に行っちゃっ……うっ、ぐすっ」

警備任務にあたりながら見たシャーロットの晴れ姿はそれは素晴らしいものだった。

同時に、妹はヴァンレイン王国の一員になったのだと思い知らされた。

これから彼女はレイブラの第四王女ではなくライオネル王太子の妃、ゆくゆくはヴァンレイン王妃となるのだ。

そう思うととても誇らしい一方で、胸の奥にぽっかりと空洞ができたような寂しさをおぼえた。素直に祝福できない自分自身が情けなくて、さまざまな感情がないまぜとなった涙が溢れて止まらない。

婚礼の儀が終わってからずっと突っ伏して泣き続けているリオノーラに、屈強な竜騎士たちはどう声をかけていいのかわからず、遠巻きに見守っていた。

「なんで赤の他人の結婚にあそこまで感動できるんだ……？」

「しょうがないよ、ノーラちゃんはシャーロット様ガチ勢だから」

「まあ友だちだし、いいんじゃね？　むしろあっちの方が深刻」

竜騎士の一人がちらりと横目で見た先では、窓際の席に腰掛けたジェレミアがぼんやりと窓の外を眺めている。彼は彼で、友人の逮捕と準決勝敗退の衝撃からまだ完全には立ち直れておらず、気を抜くとすぐにこのありさまだ。

「何やってるんだ、おまえら」

あきれた返った声音に、リオノーラはぴくりと反応した。

首をもたげて振り向くと、食堂の入り口にハーヴェイの姿があった。

正装である丈の長い制服に身を包み、竜騎士団長を示す金糸の飾り帯を肩から斜めに掛けている。黒髪もきちんと整えて制帽まで被っているので、まるで別人だ。見慣れているはずの炊事係たちが夕食の準備の手を止めて見とれるほどさまになっている。

すぐさま竜騎士たちが彼のもとに寄ってきた。

「団長!」

「戻ってきていいんすか?　一晩神殿で警備するんじゃ……」

「もしかして、サボり?」

「うるせえな、ちょっとだけ時間をもらったんだよ」

リオノーラが慌てて手の甲で目元を拭うと、ハーヴェイが近づいてきて頭を撫でた。

「やっぱり泣いてたか。しょうがないやつだな」

「す、すいません」

もう一度目元を拭おうとしたその手首を掴まれた。

「いいところに連れていってやる」

何がなんだかわからないまま、リオノーラは手を引かれて食堂を出て、宿舎を出た。そこには竜具をつけたままのアクセルが退屈そうに待ち構えている。

「乗って」

「あ、はい。ですがどこへ?」

「いいから」

先に飛び乗ったハーヴェイに引っ張り上げられて彼の後ろにしがみつくと、アクセルがすぐに翼を広げて飛び立った。

あっという間に風に乗り、夕焼けに染まった王都の上を滑るように飛んでいく。

やがて王都の上空を通り過ぎ、街道の上に出た。アクセルはまだ飛んでいく。やがて、隣町のこぢんまりとした街並みが見えてきた。

そこでようやくアクセルは高度を下げていき、小さな神殿の鐘楼に近づいていくと、その屋根にそっと降り立った。

「ようし、着いたぞ」

「ここって……？」

ハーヴェイに手を引かれて竜の背から、続いて屋根から降りる。大きな鐘の下に連れてこられ、鐘楼の仕掛けへと伸びる縄をどうぞと渡された。

「神官長から許可はとってある。気がすむまで鳴らしていいぞ」

意味がわからず困惑していると、ハーヴェイはいたずらっぽく微笑んだ。

「妹恋しさに潜入してくるくらいだから、落ち込んでるんじゃないかと思ってさ。ここなら王都よりもエルタト山に近いから、鐘の音も届くかもしれない」

リオノーラは思わず唇を嚙みしめた。

いろんな感情がこみ上げてきて、また泣き出してしまいそうだ。涙をこらえて表情を引き締めると、縄の下の方を両手でしっかりと握った。

　そして、思い切り振った。

　ごうんごうんと、轟音と呼んでもいいほどの鐘の音が頭の上で鳴り響く。耳が痛いほどだったが、構わずに振り続けた。

（届け、シャーリーに届け！）

　幸せになってほしい。その気持ちに偽りはない。

　ただいまはまだ、姉としてどう受け止めたらいいのかわからないのだ。

　だから姉ではなく、竜騎士見習いの友人としての思いを鐘の音に託した。

（わたしはわたしの道を行くから！　あなたもあなたの道を行って！　いい王太子妃になるのよ！　わたしも、立派な竜騎士になるから――）

　どれくらい経っただろうか。

　すっかり息切れした頃、リオノーラは縄から手を離した。

　肩で息をしながら、ふと顔を上げてエルタト山のある方角を見やる。夕焼けと夜の色が混じった空を背景に、細長い山の稜線が浮かび上がっている。

「……届いたでしょうか」

「届いたよ、きっと」

　ハーヴェイもまたエルタト山の方をまぶしげに眺めていた。

リオノーラは小さく笑って、思い出したように額を押さえた。鐘の音を間近で聞き続けていたせいか、頭が痛い。

「大丈夫か？」

「ちょっと頭が痛くて」

ハーヴェイの手が伸びてきてそっと抱き寄せられた。リオノーラは促されるまま、彼の胸に額を押しつける。

「ものすごい音だったからな。いいよ、痛みが引くまでこうしていればいい。俺からも多少は魔力が漏れてるはずから、効果はあるだろう」

「……はい」

古傷が痛むからと言ってはくっついてきていた彼の気持ちがわかった気がした。彼からにじみ出る魔力のおかげか、こうしていると頭痛が少しやわらいでいく。

だが逆に、胸の奥がざわつきはじめた。鼓動が速まるにつれて頬も熱を帯びていく。

（何かしら、この気持ち。団長といると落ち着くのに、落ち着かない……）

鐘の余韻が残る中、屋根の上から退屈そうな竜の大あくびが聞こえてきた。早く帰りたがっているのかもしれない竜を見上げて、ハーヴェイが声をかける。

「そうだ、アクセル。俺たちの二重契約って空の呪いを解くためだったんだろ？　ってことは、もう続ける必要はないよな？　一対一で契約を結び直さないか？」

「ええっ!?」

リオノーラは慌ててハーヴェイを見上げた。

「あの、団長とアクセルが契約を結び直したら、わたしは……」

ハーヴェイがにたりと人の悪い笑みを浮かべる。

「もちろん、お姫様には祖国に帰ってもらわないとなあ？」

「…………！」

ついさきほど、鐘を鳴らしながら竜騎士として頑張ると誓ったばかりだというのに、早くも誓いの大前提が崩れ去ろうとしている。

「どうだ、おまえもいまのままじゃ飛びにくいだろう？」

「アクセル、だめ！　契約は続けよう！　団長ってほら、すぐ無茶するし危なっかしいし、見張りは必要だと思うの！」

「見張りって……俺、ノーラちゃんの尊敬する上司じゃなかったっけ？　いつのまに評価が下がったんだ……」

アクセルはつきあっていられるかとばかりに顔を背け、前肢に顎を載せて目を閉じる。

契約者たちの賑やかな声はしばらくの間、夕焼けに染まった空に響いていた。

あとがき

こんにちは、おひさしぶりです。乙川れいです。『不本意ですが、竜騎士団が過保護です』をお手にとっていただきありがとうございます。

前作からまたちょっと間が空いてしまいました。何をしていたかと申しますと、自分でもよく覚えておりません。夏頃にプライベートですったもんだした記憶はあるのですが、そこから先がどうもあやふやで……気がついたときには花粉症と戦いながらもりもり書いておりました。もしかしたら半年くらい寝ていたのかもしれません。

さて、本作はシスコン王女が妹の嫁ぎ先である隣国の竜騎士団に潜り込んで、竜騎士団長と竜の痴話喧嘩（？）に巻き込まれるラブコメとなっております。

キーワードは『シスコン』『ふたまた契約』『過保護』でしょうか。どれか一つでもピンときましたらお読みいただけると嬉しいです。他にも軽薄な竜騎士団長やシスコン王太子妃、ツンデレ王子にツンデレ副団長にツンデレ竜と多数ご用意しておりますのでよろしければ……ちょっとツンデレが多い気がしますがきっと気のせいです！

今回もプロット段階から大苦戦しました。男装モノを書きたかったので洋風と和風とで男装プロットを二本提出していたのですが、なんやかんやあって洋風のプロットが通りまして、そこから煮詰めていった結果、男装要素がなくなりました。あれ？

そんなこんなで書きはじめたのですが、我ながらかなりのプロット詐欺だったような気がしております。「ヒロインを暴走させないように」と釘を刺されていたのでそこは大丈夫だと思うんですが……アクションシーンがこんな量になるなんて誰も思わなかったですよね。私も思いませんでした。これでもだいぶ描写を減らしたんですよ……

もっとも、一番の問題はヒーローだったと思います。私自身はそんなにチャラくしたつもりはなかったんですけど、担当様がチャラいチャラいとおっしゃるから、じゃあチャラいのかなあというくらいの感覚でして。自分では明るいモチベータータイプの上司キャラとして書いたつもりなんですが……か、書けてないですか……？

私と担当様の感覚のどちらが正しいのか、あるいはどちらもずれているのか、ぜひ読者様の目で見極めてやってくださいませ。

本作もたくさんの方々に支えられて刊行されました。

イラストを引き受けてくださったくまの柚子先生。大好きなくまの先生に描いていただけるなんて夢のようです。刊行タイミングの勝利！　今年のガチャ運をすべて使い切った気がします！（某アプリゲームのガチャ結果を涙目で眺めながら）表紙の可愛さには打ちのめされて、しばらくの間ため息製造機と化しました。モノクロイラストもどんなふうに描いていただけるのかとっても楽しみです。ありがとうございました！

担当編集のＹ様。今回はプロット段階から細かいところまでアドバイスをいただき、ありがとうございました。複数の条件縛りの中でお話を作ったのははじめてでしたが、書き手として一皮剝けた気がしております。気のせいかもしれませんが。

校正、デザイン、印刷、製本、営業等、本作の出版に関わってくださったすべての方々に御礼申し上げます。

そして読者の皆様。今回のお話はいかがでしたでしょうか？　リオノーラやハーヴェイ、アクセルたちの物語を楽しんでいただけましたら嬉しいです。

それではまた、お会いできますように。

乙川れい

■ご意見、ご感想をお寄せください。
《ファンレターの宛先》
〒102-8078 東京都千代田区富士見 1-8-19
株式会社KADOKAWA ビーズログ文庫編集部
乙川れい 先生・くまの柚子 先生

■本書の内容・不良交換についてのお問い合わせ。
エンターブレイン カスタマーサポート
電　話：0570-060-555
（土日祝日を除く 12:00〜17:00）
メール：support@ml.enterbrain.co.jp
（書籍名をご明記ください）

◆アンケートはこちら◆

https://ebssl.jp/bslog/bunko/enq/

不本意ですが、竜騎士団が過保護です

乙川れい

2018年6月15日 初刷発行
2018年7月10日 第2刷発行

発行者　三坂泰二
発行　株式会社 KADOKAWA
〒102-8177 東京都千代田区富士見 2-13-3
（ナビダイヤル）0570-060-555　URL:https://www.kadokawa.co.jp/
デザイン　島田絵里子
印刷所　凸版印刷株式会社

ISBN978-4-04-735115-8 C0193

定価はカバーに表示してあります。